나는

당신의

목소리를

읽어요

김하정 지음

arte

차례

Part 2

12개월만 할 줄 알았던 이야기

Part 3

마음의 거리는 0평처럼

프롤로그

두 눈 질끈 감고 달리기

"김하정."

"……."

"김하정?"

"……."

수십 개의 눈이 나를 바라볼 때야 내 순서가 왔음을 알아차렸다.

"……네?"

나는 체육 시간을 싫어했다. 또래의 여느 아이들이 싫어하는 이유와는 다른 이유였다. 난, 귀가 들리지 않으니까.

강렬한 햇볕에 달궈진 운동장, 줄 맞춰 나란히 선 아이들. 짙게 선팅된 선글라스를 쓴 체육 선생님은 호루라기를 길─게 불었다. 아이들 한 명 한 명의 이름을 부르는 그의 목소리는 내가 서 있는 자리와 너무 멀게 느껴졌다.

늘 그랬듯 나는 반 아이들 중 가장 뒤늦게 내 이름에 응답했다.

"네?"

　　　　　　프롤로그-두 눈 질끈 감고 달리기

멋쩍게 대답하고 나면 몇몇 아이들은 자기들끼리
수군거렸다. 나의 발음은 그들에게 심심찮은 이야
깃거리를 제공했다.

"김하정 발음 들었어?"

"'네'도 아니고 '예'도 아니야."

그들은 모른다. 내가 입 모양을 읽을 수 있다는 걸.
너희가 하는 말 다 보인다, 바보들아.

　단체생활을 하는 학창 시절, 내 키가 크다는 것
은 제법 다행인 일이었다. 키순으로 설 때면 늘 뒤
에서 세네 번쯤엔 설 수 있었고 따라서 앞사람들의
행동을 눈치껏 따라 하면 선생님의 말이 들리지 않
더라도 나 때문에 단체 기합을 받을 가능성이 줄어
들었다. 역시, 매일 우유를 먹은 보람이 있었다.

　키가 크면 달리기가 빠르다는 말이 있지만 나에
게는 전혀 해당되지 않았다. 나의 달리기 자세가
아주 불안정하다는 걸 깨달은 것은 중학교 3학년
때였다. 거친 숨을 내쉬며 달리기를 마친 내게 같

은 반 아이들이 이렇게 물었다.

"너 왜 눈을 감고 뛰니?"

"일직선으로 뛰지 않고 S자로 뛰더라!"

"조심하라고 소리쳤는데 못 들었어?"

나도 모르게 달릴 때 눈을 질끈 감았던 모양이다. 귀가 안 들리는 나는 평형감각에 이상이 있어 남들보다 조금 더 휘청거리며 걸었다. 불안하게 뛰는 내 모습에 모두 나에게 소리를 질렀는데 나는 듣지도 못하고, 눈마저 감고 있었으니 다들 타박과 걱정이 이만저만이 아니었다. 뒤뚱거리며 뛰는 내 자세보다 더 답답했던 건 내 마음이었다는 걸, 그 아이들은 알았을까? 소리쳐도 나는 들을 수가 없다는 것을 아이들은 너무나 당연하게 망각하고 있었다.

하지만 나는 두 눈을 질끈 감고 끝까지 달렸다. 기록은 더 이상 중요하지 않았다. 얼마나 빨리 결승선을 통과하느냐보다 포기하지 않고 달렸다는 것이 더 중요하게 느껴졌다. 내 인생의 느린 달리기는 지금도 진행 중이다.

피어싱 대신 보청기를 낍니다.

PART

1

텅 빈 알림장

    다른 농인들의 경우 보통은 열병 혹은 중이염으로 청각을 잃기 시작한다지만 나는 진행성난청을 앓았고, 나의 청력은 내리막길을 조심스러운 발걸음으로 걷듯 떨어지기 시작했다. 정확히 언제부터 시작되었던 것인지 알 수 없으나 그 무렵 동네 아이들의 무리에서 서서히 소외 당했던 것으로 기억한다.

    어린 시절의 나는 안 해본 놀이가 없었고, 또 모든 게임의 법칙을 줄줄 읊을 만큼 열심히 놀던 아이였다. 눈치가 빨라서 '무궁화 꽃이 피었습니다' 같은 놀이에도 항상 빠진 적이 없었는데, 어느 순간부터 아이들은 나를 놀이에 끼우는 대신 심판 역할을 맡겼다.

"하정아, 너는 심판 해. 심판도 필요해."

"싫은데! 나도 움직이고 싶어! 왜 나만 심판 시켜?"

소심하게 항의해보았으나 놀이가 끝날 때까지 내 역할은 술래가 아이들의 움직임을 바로 잡아내는지, 술래가 실눈을 뜨고 돌아보지는 않는지 확인하는 것이었다. 이런 상황이 반복되다 보니 놀이에 대한 흥미도, 친구들과 노는 횟수도 자연스럽게 줄어들었다.

소리를 잃어가는 만큼 눈으로 보이는 것을 더 붙들고 싶었을까. 나는 책이 좋았다. 글자로 이루어진 세상에서는 누군가의 눈치를 보지 않아도, 놀이에서 밀려나는 소외감을 느낄 필요도 없었다. 나는 글자와 그림을 담고 있는 책을 보고 또 읽었다. 무의식적으로 움켜쥔 글자라는 울타리는 그렇게

피어싱 대신 보청기를 낍니다

나를 지켜줄 것만 같았다.

초등학생이 되어서도 나는 여전히 많은 글을 읽고, 내 감정을 글로 적기 시작했다. 학교에서는 내가 이미 책에서 봤던 내용들을 다시 가르쳤기 때문에 나는 나름대로 멋진 초등학생이라는 자부심까지 생겼다. 누군가의 말을 '받아 써야 하는 글'이 있다는 걸 알기 전까지는.

알림장을 쓰는 시간마다 눈으로 보이지 않는 말을 받아 써야 한다는 행위는 나에게 많은 감정을 선사했다. 선생님이 입술을 달싹일 때마다 반 아이들은 모두 동시에 일사불란하게 움직였지만 나는 예외였다. 위화감을 느꼈으나, 그 누구에게도 물어보지 못했다.

그런 상태로 며칠을 보내고 나 혼자서만 아무것도 하지 않고 있으면 안 되겠다는 생각이 들었고, 나는 용기를 내 짝꿍에게 물었다.

"선생님께서 지금 뭐라고 하신 거니?"

그러자 짝꿍은 자신의 공책을 홱 감췄다.

"보지 마."

그게 뭐라고 감추는지. 짝꿍의 얄궂은 팔 아래로 숨은 학급 공지사항들이 어떤 내용인지 간절히 알고 싶었으나 한 번 더 물으면 화를 낼 것 같아 더 이상 물어보지 않았다. 선생님의 시선이 내게 머무는 것 같아 괜히 뜨끔한 마음이 들었다. 아이들이 공책에 무언가를 적으면 나도 따라 무언가를 적고, 손을 멈추면 나도 멈췄다. 그렇게 나의 알림장은 상상에 맡긴 단어들로 가득 찼다. 매일 저녁 엄마는 내가 쓴 알림장을 보고 준비물을 챙겨주셨다.

"모두 준비물 꺼내세요."

수업은 여지없이 시작되었고, 모든 아이들이 가방에서 준비물을 꺼내기 시작했다. 나도 따라서 필통과 가위, 풀을 꺼냈다. 그러나 아이들의 가방은 내가 몰랐던 물건들을 차례차례 뱉어냈고, 나는 더 이상 꺼낼 것이 없어서 가만히 있었다.

"김하정, 준비물 안 가져왔니?"

　　　　　　　　　피어싱 대신 보청기를 낍니다

반 아이들이 일제히 나를 쳐다보았다. 어리둥절했지만 아무 말도 하지 못했다. 나를 버려둔 채 수업은 계속되었고, 나는 멀거니 주변을 둘러보았다. 열중하는 아이들 사이에서 나만 혼자 다른 공간에 떨어진 기분이 들었다.

한번은 짝꿍에게 준비물을 빌려달라고 했다.

"이거 나도 써봐도 돼?"

그건 내가 태어나서 처음 보는 물건이었다. 나는 그 물건의 이름을 알지 못했고, 그래서 당연히 한 번도 들어본 적이 없는 단어를 알림장에 적을 수도 없었다. 짝꿍에게 꼭 물어보고 싶었지만 미간을 잔뜩 좁힌 얼굴을 보고는 그냥 넘어가기로 했다. 그날도 알림장을 썼는데 모두 알아들은 것 같아서 홀가분하게 집으로 갔다.

"별일 없었지?"

"응."

그러나 알림장을 본 엄마의 표정이 좋지 않았다.

다음 날, 엄마는 내게 흰 봉투를 주며 선생님께 가져다드리라고 했다. 평소보다 학교에 일찍 도착한 나는 선생님께 봉투를 건넸다. 선생님의 얼굴을 보자마자 이유 없이 울음이 나올 것 같았다.

"이따가 수업 끝나고 선생님한테 오렴."

계속 머릿속을 맴도는 선생님의 말에 하루 종일 수업에 집중할 수가 없었다. 선생님은 무슨 말을 하려는 걸까? 내가 못 알아들으면 어쩌지? 시곗바늘은 왜 이렇게 느리게 갈까?

반 아이들이 모두 집으로 돌아간 빈 교실에서 선생님은 미처 내가 받아 적지 못한 것들로 알림장을 빼곡하게 채워주었다. 처음 보는 단어들이었다. 그리고는 책상 서랍을 열어 그토록 궁금했던 것들을 내게 알려주었다.

"이건 컴퍼스, 저건 각도기, 이거는 삼각자. 준비물이야. 내일부터 꼭 가져오렴."

심장이 쿵쾅거렸다. 컴퍼스, 각도기, 삼…… 삼각자! 나도 그것들의 이름을 비로소 알게 되었다!

피어싱 대신 보청기를 낍니다

처음으로 알림장을 오롯이 채운 그날은 20년이 지난 지금도 잊히지 않는다.

이건 뒤늦게 알게 된 사실이지만, 선생님은 내가 보청기를 끼는 것도, 잘 안 들린다는 것도 모르셨다고 한다.

'하정이가 수업에는 열심히 참여하는데 점점 놓치는 것들이 많아지고 있네요. 받아쓰기도 초반에 잘하다 갈수록 틀리는 것이 늘었어요. 가정에서 지도 바랍니다. 병원에 가서 검사해보시는 것은 어떨까요?'

나는 왜 진즉 선생님께 물어보지 않았을까? 왜 물어보려고만 하면 이유도 없이 눈물이 나오려고 했을까? 아직도 잘 모르겠다.

7년 동안의 침묵

나는 공부를 싫어하는 학생은 아니었다. 오히려 '노력은 배신하지 않는다'는 것을 믿으며 어떤 것이든 열심히 하려고 하는 성실한 청소년에 가까웠다. 하지만 관용적으로 내려오던 저 말에 대한 믿음이 모두 허구였다는 것을 깨닫는 데는 그리 오래 걸리지 않았다.

1교시 영어 시간: 시험지에는 비가 내리고

영어 수업은 주로 짝꿍과 역할을 나누어 대화

피어싱 대신 보청기를 낍니다

를 주고받는 연습을 하는 방식이었다. 대사를 올바르게 읊어야 점수를 받을 수 있었는데 나의 경우엔 그게 문제가 아니었다. 남들에 비해 정확하지 못한 내 발음은 알아듣기 힘들었고, 그래서 짝꿍은 나와 함께하고 싶어 하지 않았다.

학습평가 중에서는 지문을 통째로 외워 한 명씩 발표를 해야 하는 것도 있었는데, 높은 비중으로 성적에 반영되는지라 과외 선생님과 밤새워 연습하고 또 연습했다. 발표 날이 되고, 나는 준비한 대로 모든 지문을 빠짐없이 읊었으나 돌아온 점수는 최하 등급이었다. 지문을 모두 외우지 못한 다른 아이보다 더. 발음이 좋지 않다는 이유였다.

산 넘어 산이라고 했던가. '말하기'가 동네 뒷동산을 오르는 것이라면 '듣기'는 히말라야 등정과도 같았다. 나의 영어듣기평가 시험지에는 언제나 비가 내렸다. 그래도 한번 들어보자, 듣다 보면 귀가 뚫리겠지. 아는 단어가 하나라도 들려오면 모든 상상력을 끌어모아 보았으나 어림없었다. 20

문제 중에 동그라미는 두세 개. 심지어는 찍기 운도 없었다. 영어듣기평가 후에 늘 공개되었던 점수는 나에게 '틀린 사람'이라는 낙인을 찍는 것만 같았다. 결국 나는 수능 날까지 영어듣기평가를 포기했고 지문과 단어를 하나라도 더 외우는 것에 몰두했다.

무언가 잘못되어도 한참 잘못되었단 걸 느꼈지만 그 누구도 나에게 다른 방법을 제시해주지 못했다. 담임 선생님, 과외 선생님, 부모님까지도. 만약 결과에 따라 매겨진 점수가 아닌 중간 과정에 따른 점수였다면, 분명 다른 열매를 얻을 수도 있지 않았을까?

2교시 국어 시간: 반칙의 기준

'귓속말 게임'을 하게 됐다. 맨 앞자리에서부터 맨 뒷자리까지 귓속말로 단어를 전달하고 재빨리 답을 외치면 승리하는 게임이다.

'아, 선생님…… 그 게임을 제대로 즐기지 못하는

피어싱 대신 보청기를 낍니다

학생도 이 교실에 있는데요.' 답답한 마음을 삼키고 어떻게든 게임에 참여해보려고 애를 썼다. 하지만 그 결심이 무색하게 내 앞자리에 앉은 아이가 빨리 귀를 내놓으라며 다급하게 뭐라고 소리쳤고, 나는 그 단어를 놓치고 말았다. 이미 돌려버린 등을 애처롭게 바라보다 뒤로 돌아 아무 말이나 전했다.

그렇게 게임이 계속되는데, 갑자기 좋은 생각이 떠올랐다.

"귀에다 말하지 말고 입 모양으로 보여줘."

"요오—라암—기이."

마침내 입 모양을 정확히 잡아냈고 우리 분단은 1등을 거머쥐었다. 그러나 기쁨도 잠시, 다른 아이들이 나를 콕 집어 반칙을 했다고 따지기 시작했다. 선생님은 이번에만 봐주겠다고 했고, 다시 게임은 시작되었다. '반칙'. 나는 그 교실에서 맞물려 돌아가는 톱니바퀴들 사이에 낀 돌멩이 같았다.

"하정아, 너 보청기 아직도 껴? 왜 계속 안 들

려? 몇 년 후에는 잘 들리게 돼?"

보청기를 끼면 그때부터 마법처럼 모든 소리를 듣게 되는 줄 알았는지, 정말 궁금한 표정이었다. 그 표정 앞에서 나는 아무 말도 할 수 없었다. 나 자신도 이유를 모르는데, 너에게 어떻게 설명할 수가 있을까?

3교시 음악 시간: 7년 동안의 침묵이 시작된 날

가창 시험을 본다고 했다. 가사를 외우는 일은 평소에도 자신 있었고, 집에서 H.O.T. 노래를 부를 때마다 부모님의 칭찬도 받았기 때문에 이건 해볼 만하다고 생각했다. 다만 마음에 걸리는 건 발음이었다. 틈만 나면 또박또박 말하는 연습을 했다.

시험 당일, 음악실 앞쪽의 단상으로 나갔다. 호흡을 가다듬고 자신 있게 노래를 시작했는데 중반까지 불렀을 즈음 묘한 분위기가 나를 에워쌌다. 웃음을 참는 아이들의 표정이 하나둘, 내 눈에 들

피어싱 대신 보청기를 낍니다

어왔다. '노래를 왜 저렇게 불러?'란 표정이었다. 눈앞이 핑 도는 것 같았다. 나도 모르게 목소리는 작아졌고, 시험이란 것도 잊은 채 허둥지둥 마무리를 짓고 자리로 돌아왔다.

"김하정, 다시! 나와서 중간부터 다시 불러봐라."

나는 분명 끝까지 노래를 마쳤는데 왜 다시 불러야 하는 건지 이해할 수 없었다. 부끄러웠다. 수군대는 아이들 속을 다시 걸어 나갔다. 아이들의 시선이 나에게 날아와 꽂히자 나는 두 눈을 감아버렸다. 두 번이나 치른 시험의 결과는 형편없었다. 음정, 박자, 그리고 자신감이 부족하다는 이유였다. 나는 내가 음치라는 것을 그때 처음으로 알았고, 그 후로 7년간 단 한 번도 노래를 부르지 않았다.

비 오는 날의 교훈

엄마는 나와 동생에게 장애가 있다는 이유로 남들보다 두 배로 더 노력해야 된다는 식의 말을 한 적이 단 한 번도 없다. 장애를 남들과 다르거나 특별한 것이 아니라, 그저 우리가 지닌 특성 중 하나 정도로 여기는 것처럼 보였다.

그러던 어느 날, 엄마가 돌변했다. 엄마 친구가 한 말 때문이었다.

"광숙아, 너는 애들 키우느라 힘들어서 동창회에 못 나오지. 보청기값도 벌어야 하고."

피어싱 대신 보청기를 낍니다

엄마는 이후로 동창회에 나가지 않았다. 그리고 무언가를 결심한 사람처럼 우리를 모든 학원이란 학원에 다 보내기 시작했다. 속셈, 미술, 수영, 피아노. 게다가 피아노는 일대일 레슨을 겸했고 국영수 과목을 전담하는 과외까지 받았다.

낯선 환경을 접하고 새로운 것을 배우는 것은 흥미로운 일이었다. 학원에서 그날 배운 것들을 엄마한테 이야기해줄 때면 엄마는 내가 스스로 할 줄 아는 것이 많아지는 것은 좋은 일이라고 말했다. 더 잘해야 한다거나, 열심히 해야 한다는 말은 그때도 하지 않았다.

내가 열한 살이던, 쨍쨍하다 못해 지글거리는 햇볕이 내리쬐는 여름날이었다. 현관에서 운동화를 신고 있는데 엄마는 비가 올 거라며 우산을 챙기라고 했다. 하지만 나는 이렇게 맑은 날 비가 올리가 없다며 큰소리를 치고 집을 나섰다.
이마에 송골송골 맺히는 땀을 훔쳐가며 교실에 도

착했는데 아이들의 책상 걸이마다 색색의 우산이 걸려 있었다. 나는 그 모습을 애써 외면하려 창밖의 맑은 하늘을 올려다보았다. 3교시가 되어도 여전히 하늘은 어두워질 기미가 없어 보였다.

'비 안 올 거라니까.'

그러나 무심하게도 마지막 4교시 수업이 끝나기가 무섭게 비가 내리기 시작했다. 주변을 둘러보니 복도에는 이미 다른 아이들의 부모님이 마중을 나와 있었다. 혹시 우리 엄마도 와 있을까? 목을 빼고 찾아보았지만 엄마의 모습은 보이지 않았다. 나는 공중전화기로 달려가 전 재산을 털어 넣고 전화를 걸었다. 통화를 할 수 있는 시간이 길지 않았기에 가능한 한 빠르게 말해야 했다.

"여보세요?"

"엄마, 나야."

"어, 왜?"

"비 많이 와."

"그러니까 엄마가 비 온다고 우산 가지고 가랬

피어싱 대신 보청기를 낍니다

잖아. 끊어."

"엄마, 나 집에 어떻게 가?"

그때 엄마가 무슨 말을 했지만 나는 알아듣지 못했고 곧 뚜, 뚜, 뚜, 신호음이 들려왔다. 남은 동전이 더 없는지 주머니 깊숙이 손을 찔러 넣어봤지만 애먼 먼지만 잡힐 뿐이었다. 아무래도 엄마는 오지 않을 것 같았다. 이 소나기를 뚫고 집에 가야 한다는 비장한 결심을 하고 공중전화기 위에 놓인 신문지를 집어 오른쪽 귀를 가렸다. 나의 왼쪽 어깨는 젖더라도 보청기는 젖으면 안 되니까. 번져가는 신문지의 잉크처럼 내 눈도 시뻘겋게 번진 채로 거센 빗줄기 속을 달렸다.

"너 왜 비 맞고 왔니?"

집에 도착하자 화난 목소리로 엄마가 말했다. 순간 서러움이 폭발했다. 엄마는 아랑곳하지 않고 머리를 말리고 와서 밥을 먹으라는 말만 했다. 수건으로 머리를 말리는데 갑자기 딸꾹질이 났다. 우산을 씌워준 애가 한 명도 없었냐며, 그렇게 나갈 때 우산 가져가라고 하지 않았냐는 엄마 말에 나는 연신 딸꾹거리며 '맞아'라는 대답밖에 할 수가 없었다.

거센 비를 맞은 탓에 피곤했는지 그날은 금방 잠에 들었다. 꿈에서도 비가 억수같이 쏟아져 내렸다. 내 마음을 대변하는 것 같았다. 꿈에서 번개가 치는 순간, 번쩍이는 섬광에 놀라 잠에서 깼다. 무서움에 엄마에게 달려갔더니 엄마는 나의 등을 가만히 쓸어주었다.

엄마는 나를 위로하며 나직한 목소리로 말했다. 실은 전화를 받고 무척 걱정을 했다고, 그렇지만 오늘처럼 본인이 한 행동에는 책임과 대가가 따른다는 것을 내가 알았으면 해서 무심히 대할 수밖에 없었다고……. 엄마의 품속에서 내 마음이 느슨하게 풀려가는 것이 느껴졌다.

그 어린 시절은 이미 지나갔지만, 여전히 내가 예상하지 못한 소나기가 다가올 때가 있다. 하지만 나는 이제 그 소나기 아래에서 경험이라는 우산을 펼 수 있는 사람으로 자랐다.

　　　　　　　　　　피어싱 대신 보청기를 낍니다

그 많던 보청기는 어디에서 나왔을까

보청기를 낀 것은 5살부터였으나 나는 그게 보
청기라는 걸 알지 못했다. 귀에다 넣으면 세상의
소리가 더 잘 들리는 것이 신나 매일매일 끼고 다
녔다. 동생 영재도 마찬가지였다. 나는 왼쪽 귀의
청력이, 영재는 오른쪽 귀의 청력이 손실되어가는
상태였다. 그래서 우리는 각자 오른쪽과 왼쪽에
보청기를 꼈다. 아예 들리지 않는 귀에 보청기를
끼는 것은 효과가 없기 때문이다.

초등학교를 입학한 후 자라난 나의 키만큼 귀

도 자랐기 때문에 새롭게 보청기를 맞추어야 했다. 나는 보청기센터에 가는 걸 좋아했는데, 새 보청기를 맞추는 과정을 좋아했기 때문이다.

보청기를 맞추려면 먼저 귀의 모양을 본뜨는 '쉘 작업'을 해야 한다. 고막을 보호할 솜과 실을 연결해 이경耳鏡으로 귓속의 모양, 사이즈, 굴곡을 자세히 관찰하면서 넣는다. 그리고 주사기로 인상재*와 경화제를 섞은 파란색의 말랑한 지점토 같은 것을 귓속으로 넣어 본을 뜨는데, 나는 귓속을 가득 채우는 서늘함과 약물이 점점 굳어가며 거칠거칠해지는 느낌을 좋아했다. 그 과정을 거치고 몇 주가 지나면 새로운 보청기가 만들어졌다.

동생은 덤벙대서 보청기를 자주 잃어버렸다. 한번은 버스를 타고 집에 가는 길에 버스에서 급하게 내린 영재가 엄마의 옷자락을 붙잡고 말했다.

"엄마! 귀, 귀, 없어!"

영재가 귀를 가리키며 뭐가 없다고 외치는데 나는 그게 무엇인지 단번에 알아차릴 수 있었다.

비싼 보청기였다. 엄마는 깜짝 놀라서 동생의 귀를 살펴보고 윗옷 주머니와 바지, 가방까지 뒤져 보았으나 보청기는 나오지 않았다. 그때의 엄마 표정이 아직도 생생하다. 그 황당함과 허탈함이 뒤섞인 표정이란.

'아, 나는 절대 잃어버리면 안 되겠구나.'

그때 내 나이 아홉 살이었다. 결국 동생은 보청기를 다시 맞추었고 그 과정을 보는 건 언제나 새롭고 신기했다. 나도 새로 맞추고 싶었지만 내색하지 않았다. 그런데 얼마 못 가 영재는 또다시 보청기를 잃어버렸다. 집 가는 언덕 길목에 있는 하수구에 보청기가 쏙 빠져버린 것이다. 나는 조용히 내 방에 들어갔다. 영재는 엄마에게 한참을 혼이 났다.

'동생아, 이게 마지막이길 빈다.'

사람마다 음역대를 들을 수 있는 주파수가 있었는데 나와 영재는 높은 채널의 보청기와 잘 맞았다. 우리 남매의 보청기는 계속해서 업그레이드됐다. 귀걸이형에서 귓속형으로. 더 작은 보청기도 있었지만 귓속안에 들어가 영영 빼지 못할까 봐 덜 작은 것으로 맞췄다. 대략 4~5년의 주기로 보청기를 교체했는데 지금까지 사용했던 보청기를 늘어놓으면 보청기역사관을 차릴 수도 있지 않을까. 물론 영재의 보청기역사관은 나보다 더 넓으리라.

아빠는 우리 보청기역사관의 이사장이나 다름없었다. 그 많은 보청기는 전부 아빠의 주머니에서 나왔으니까. 나는 조금 더 자라고 나서야 보청기의 가격을 알게 됐는데 0의 개수를 세어보고는 경악했다.

보통 우리의 보청기 교체는 번갈아 이루어졌으나 딱 한 번 같은 해에 교체된 적이 있었다. 그해에는 아빠의 얼굴을 잘 볼 수 없었다.

나는 동생과 단둘이 있을 때면 보청기 가격을 운운하며 우리는 부모님의 말을 잘 들어야 한다는 식의 잠도리를 했다. 그러나 부모님은 지금까지도 나와 동생에게 집안의 형편에 대해 내색한 적이 단 한 번도 없다. 우리가 걱정하는 것을 원치 않았던 모양이다.

서른을 앞두고 있던 2016년 10월, 나는 인생 처음 내 돈으로 보청기를 구매했다. 지금까지 부모님의 도움을 받았지만, 앞으로는 직접 구매하려니 덜컥 겁부터 났다. 정부지원금과 할인 행사 등 여러 혜택의 도움을 받았으나 그래도 역시나 큰돈이었다.

보청기역사관은 나와 영재만의 것이 아니었다. 우리 가족의 것이었다. 엄마 아빠 덕분에 운영될 수 있었고, 한 번도 휘청거리거나 문 닫지 않았다. 그 생각에 잠길 때마다 말수가 적은 영재는 내 어깨를 툭툭 쳤다. 본인도 내 마음을 안다는 듯이.

* 보통 구강 내 조직의 모습을 본뜨기 위해 사용하는 재료

장애학생의 권리는
요람에서 무덤까지

매년 1~2월, 교육부와 국가평생교육진흥원은 '장애대학생 교육활동 지원사업' 공고를 내고 각 대학에서는 조건에 맞는 지원 대상자를 추천한다. 장애대학생 교육활동 지원사업이란 장애대학생의 교육활동 편의 제공 및 고등교육 기회 확대 등을 위한 일종의 지원제도인데, 나는 이 제도를 통해 대학교 3학년 때부터 강의 대필 도움을 받기 시작했다.

처음 신청했던 문자통역으로 연결된 첫 번째

도우미와는 합이 잘 맞지 않았다. 그래서 친한 친구 두 명과 강의 시간표를 맞춘 후 각 강의별 도우미로 연결될 수 있도록 장애학생 지원센터에 신청서를 제출했다.

친한 친구 사이이자 도우미였던 두 사람은 수어와 문자통역 양쪽이 가능했기에 많은 도움을 받을 수 있었다. 그때 당시는 문자통역을 선호했기에 두 사람은 노트북에 대필을 해주었는데, 노트북이 갑자기 꺼지거나 버벅거릴 때는 타이핑을 멈추고 나에게 직접 수어로 설명을 해주었다. 교수님께 미리 수업 내용을 녹음하겠다고 양해를 구한 후 녹음 내용을 바탕으로 문자통역 중 누락된 부분을 보완해 보내주기도 했다. 든든한 아군을 얻은 것만 같았다. 날씨가 좋아 수업을 야외에서 진행하는 이벤트 같은 상황도, 두 사람 덕분에 즐길 수 있었다.

특히 내가 다녔던 사회복지과는 조별 토론이 많아 수업 중간중간 조별로 모이는 경우가 잦았는데, 그때마다 수어와 문자통역을 통해 내가 토론에 참여할 수 있도록 도와주었다. 문자통역은 사람들이 말하는 것보다 뒤늦게 메시지를 전달받을 수밖에 없어 내가 발언해야 하는 타이밍을 놓쳐버리는 경우가 많았지만 문자와 수어를 모두 사용할 수 있으니 나도 더 이상 내 의견을 피력하지 못하고 속으로만 삼킬 필요가 없게 됐다. 두 사람 덕분에 나는 무사히 졸업할 수 있었고, 고마운 마음에 지금까지도 아직 두 사람이 힘써준 자료들을 버리지 못한다.

그러나 장애대학생으로서 교육활동 편의를 제공받는 일이 결코 쉽거나 당연한 일은 아니었다. 공고가 올라오고 신청을 해도 학교 측에서 예산 문제로 거절하는 일도 있었다. 청인과 동등하게 수업을 받는다는 전제하에 같은 등록금을 내는데도 농인, 청각장애인 학생을 위한 지원은 아직도 아쉬운 실정이다. 심지어는 그런 지원제도가 있음을 모르는 학교도 많다고 들었다.

운 좋게 지원 대상에 선정되어도 넘어야 할 산들이 많았다. 청각장애를 지녔으며 문자 통역 도우미와 동행하겠다는 말을 교수님께 드렸으나 거부 당한 일도 있었다. 본인의 강의 내용이 문자로 기록되고, 또 외부로 유출될 위험이 있다는 이유에서였다. 그 문제 외에도 강의 대필 시 부득이하게 발생하는 타이핑 소리에 주변 학생들의 눈치를 봐야만 하는 일도 비일비재했다. 수업에 뒤늦게 들어와 나에게 대필 자료를 당당히 요구하던 학생도 있었는데, 나로서는 이해하기 힘든 일이었다.

현재 우리나라의 의무교육제도는 초등교육 6년, 중등교육 3년으로 정해져 있다. 대한민국의 모든 국민들은 그 의무교육을 받을 권리가 있다는 뜻이다. 그런데 왜 장애학생 지원제도는 대학부터 적용되는 걸까? 동등한 의무교육을 받을 수 있도록 제도의 범위를 초등학교, 중학교부터까지 확대해야하지 않을까? (이와 별개로, 의무교육 과정에 장애인식 개선을 위한 과목이 채택되었으면 하는 바람도 있다.)

내 알림장이 점점 비워지던 그 시절, 그때부터 지원제도의 혜택을 받았다면 나는 지금쯤 더 넓은 세상으로 나아갔을지도 모른다.

피어싱 대신 보청기를 낍니다

수어포비아를 아시나요?

유튜브 '하개월' 〈장애이해교육, 이래도 괜찮을까? ―청각장애인 편―〉에서 농인, 청각장애인인 청년 A와 인터뷰를 진행했다. A는 늘 반복되는 장애이해교육의 내용이 개선되어야 한다며 자신이 임의로 만들어본 단어가 어떤지 내게 물었다.

A: '수어포비아'라는 단어 아세요? 아마 다 모를 거예요. 왜냐면 이건 제가 만들어낸 거라서요.

생각해볼까요? 수어는 농인의 언어지요. 근데 이걸 음성언어보다 수준이 낮은 하위 언어로 보는 경우가 많아요. 완전하지 못하고, 결함이 많기 때문에 수어를 배우는 건 '별로 추천하지 않는다.', '도움이 되지 않는다.' 그런 말들이 많죠. 그런 얘기들을 들을 땐 유감스러워요. 말로는 수어를 존중해야 한다고 하면서, 정작 하는 행동을 보면 굉장히 상반되는 경우가 많잖아요. 무시하거나 희화화하죠. 일부 청각장애인뿐만 아니라 청인들도 그런 행동을 많이 해요.

그래서 이럴 때 '수어포비아'라는 단어를 써보는 게 어떨까 생각했어요. 그 의미를 풀어 설명하자면 '수어 혐오자'예요. 농인들의 모국어이자 고유 언어인 수어의 형태를 제멋대로 변형하거나, 혹은 의미를 변형하거나. 산이라든가 그런 것을 갖고 웃음소재로 사용하고, 희화화하고 이런 행위들을 하는 사람들을 수어포비아라고 하자.

여러분들, 우리 수어포비아가 되지는 맙시다. 수어포비아와 비슷한

수어포비아를 아시나요?

의미를 가진 단어가 존재하긴 해요. 다시 한번 말하지만 수어포비아는 공식적인 용어가 아니니 절대로 오해하지 마시기 바랍니다.

하정: A가 독창적으로 만든 거예요.

A: 네, 맞아요. 그러니 오해하지 마세요. 그런 유사한 의미를 가진 공식적인 용어가 있어요. 오디즘^{Audism}이라고. 그건 '청능주의'라고 부르기도 해요.

소리를 매우 중요하게 여기고, 그와 반대로 수어는 무시하고, 배우지 말라고 하면서 억압하지요. 그런 상황들을 오디즘이라고 부릅니다. 그런데 보통 오디즘이라고 하면 잘 모르잖아요.

의미가 정확히 뭔지 모르니까, 오디즘이라는 단어보다는 좀 더 직관적인 단어가 없을까 고민했어요. '수어포비아'라고 하면 어감이 강하니까 이 단어를 접하는 사람들에게 충격이 크겠구나 싶더라고요. '수어포비아'라고 하면 사람들이 지금보다 경각심을 갖고 말을 조심하지 않을까 생각이 듭니다.

나는 금을 밟고 선 사람

청력이 희미하게 남은 오른쪽 귀에 보청기와 이어폰 한쪽을 번갈아 끼우면서, 비장애인과 장애인 사이에서 방황하던 때가 있었다. 보청기의 건전지를 교체할 때에도 누가 볼세라 몰래 숨어 갈아 끼우고는 했다. 화장실에 숨어서 하던 때도 있었다. 나만 그런 게 아니었다는 건 아주 나중에야 알게 되었다.

대학교에서 동아리 활동을 하던 나는 청각장애인임을 일부러 말하지 않았다. 그래서 생긴 오해가 몇 번 있긴 했으나, 딱히 말해야 할 필요성을 느끼

피어싱 대신 보청기를 낍니다

지도 않았다.

　그래서였을까.

　"왜 이렇게 발음이 새니? 고향이 어디야? 너 어디에서 올라왔어?"

　"교정해서 발음이 많이 새나 보다. 교정은 언제 끝나?"

이런 질문을 받기가 일쑤였다. 대학교 오리엔테이션에서는 어느 배우의 발음과 비슷하다며 "실땅님" 성대모사를 해보라는 말도 들었다. 하지만 크게 신경 쓰지 않았다. 아니, 그런 말들에 익숙해진 나머지 신경이 쓰여도 무시할 수밖에 없었다. 굳이 나의 장애를 들추어내면서 분위기를 깰 용기도 없었거니와 괜히 다른 사람과의 관계가 어색해질 위험을 감수하고 싶지 않았다.

　여느 때와 같이 수업을 듣고 집으로 가는 셔틀버스를 기다리던 날이었다. 평소 친하게 지내던 언니를 만나 오늘 수업은 어땠는지, 과제는 어떠한지 이야기를 나눴다. 그런데 갑자기 바람이 세차게 불어 나의 긴 머리카락이 붕— 날아올랐다. 순간 언니의 손이 나의 귀로 다가왔다. 나는 놀라서 언니의 손을 막았고 언니는 방금 나의 귀에서 반짝이는 것을 보았다며, 피어싱을 했냐고 물었다.

"……어? 어!"

얼떨결에 내 보청기는 피어싱으로 둔갑해버렸다. 당황한 나는 언니로부터 한 발자국 물러났지만 언니는 내가 피어싱을 했다는 사실이 신기했는지 재차 확인하려 다가왔다.

"한번 보자."

미처 피하기도 전에 언니의 손이 나의 머리카락을 들추었다. 다시 한번 마주한 당황스러운 상황에 나는 얼어붙고 말았다.

"어머나? 이게 뭐야?"

"어…… 언니…… 보청기야."

피어싱이 아니라 보청기라는 것을 알게 된 언니는 어찌할 바를 몰라 했고 결국 나는 사실대로 털어놓았다. 나는 보청기를 끼는 청각장애인이라고.

피어싱 대신 보청기를 낍니다

굉장히 오래전에 있었던 일이지만 미안해하며 안절부절못하던 언니의 표정이 아직도 내게 생생하게 남아 있다.

사회복지를 전공한 나는 청각장애인복지관에서 실습을 한 적이 있다. 그때 만난 농인 친구를 통해 '한국농아대학생연합회'라는 단체를 알게 되었는데, 편의상 줄여서 '농대연'이라고 부르는 이 단체는 전국의 농인, 청각장애인 대학생의 권익 보호와 교육 환경 개선에 목표를 두는 활동을 한다.

마침 농대연에서 오리엔테이션을 한다며 함께 가보지 않겠냐는 친구의 제안에 나는 흔쾌히 따라나섰다. 그리고 그곳에서 다양한 사람들을 만났다. 나처럼 청각장애가 있지만 보청기를 끼지 않고 수어를 쓰는 농인도 있었고, 나와 똑같이 수어가 아닌 구화를 사용하는 이들도 있었다. 그렇다고 모두 다 농인은 아니었다. 수어통역과 문자통역을 담당하는 청인들도 있었다. 그때 나는 살며 처음으로 이방인이라는 위치에서 벗어난 기분이었다. 보청기를 드러내도 신기하게 여기는 사람도 없었고, 내 발음을 지적하는 사람도 없었으니까. 하지만 나는 그 자리에서조차 타인과 나를 비교하느라 바빴다. 조금 더 잘 듣고, 조금 더 잘 말한다는 사실을 위안으로 삼기도 했다. 한마디로 나는 교만했다.

그렇게 1박 2일의 짧은 시간을 보내고 집으로 돌아오는 기차 안에서 한 꼬마를 만났다. 꼬마가 내 쪽으로 걸어오는데 너무 귀여워서 나도 모르게 인사를 했다.

"안녕?"

아이는 말없이 나를 바라보기만 했다. 아이가 웃으며 인사해주길 바랐던 나는 한 번 더 인사를 했다. 하지만 아이는 부끄러운지 나를 빤히 쳐다만 보다가 엄마의 손을 잡고서 지나갔다. 그때 오리엔테이션에서 만난 청인이 나에게 말했다.

"꼬마가 네 옆을 지나가면서 '안녕하세요'라고

인사했어."

　충격적이었다. 소리를 놓쳤다는 것이 부끄러웠다. 스스로 농인이기보다 청인에 가깝다는 생각을 해왔지만 지나가면서 인사하는 아이의 목소리를 듣지 못했다는 사실에 혼란스러웠다. 나는 두 영역의 경계 사이에서 방황하는, 금을 밟고 서 있는 사람이었다. 내가 들을 수 있는 영역은 청인과 확실히 달랐다. 그리고 이 깨달음으로 다른 농인과 나를 비교한 것은 열등감에서 비롯된 교만이었다는 걸, 인정할 수 있었다. 내가 처음으로 '농인'이라는 정체성을 받아들인 순간이었다.

두 개의 시선

1.
_____

약속 장소에 가려고 지하철을 탔다. 평소와 같은 날이었다. 지하철은 버스보다 정거장 안내 전광판이 잘 구비되어 있는 편이라 나는 지하철을 더 선호한다. 무엇보다, 지하철은 장애인 승차 금액이 무료다.

자리를 잡고 목적지로 가고 있는데 다들 나를 힐끔힐끔 곁눈질하는 것이 느껴졌다. 얼굴에 뭐라

　　　　　　　피어싱 대신 보청기를 낍니다

도 묻었나 싶어 거울을 꺼내 비춰보았지만 멀쩡했
다. 앞사람과 눈이 마주쳤는데 나를 보는 시선이
묘했다. 뭐가 문제일까 생각해봐도 도무지 이유를
알 수 없었다. 불편한 시선들을 피해 잠깐 눈을 붙
였다. 얼마나 지났을까, 잠에서 깨어 시간을 확인
하기 위해 핸드폰을 꺼냈는데……

> ♪짜장면 하나에 너무나 행복했었어
> 하지만 어머님은 왠지 드시질 않았어
> 어머님은 짜장면이 싫다고 하셨어♬

순간, 내 두 눈을 의심했다. 핸드폰 화면에는 가
수 god의 〈어머님께〉가 신나게 돌아가고 있었다.
그것도 내가 평소에 듣는 볼륨 100%로. 하필 건전
지를 아낀다고 보청기를 잠시 빼둔 터라 핸드폰에
서 소리가 나오고 있는지도 몰랐다. 쥐구멍이 간절
했다. 야이야이야, 그렇게 살아가고, 그렇게 후회
하고, 정말 눈물까지 흘릴 뻔했다. 지하철에 타고
있는 모든 사람들에게 나의 음악 취향을 강제로 알
린 이후, 나에게는 한 가지 습관이 생겼다. 핸드폰

이 진동 모드인지 재차 확인할 것, 앞사람의 시선
이 느껴지면 그래도 한 번 더 확인해볼 것!

2.

시선에 관한 이야기를 하다 보니 생각나는 에피
소드가 하나 더 있다. 수능이 90일 정도 남았을 때
였다.

"16번."

국어 선생님은 수업 시간마다 교과서의 소설 지
문을 읽을 학생을 지명하곤 했는데 덕분에 나는 반
아이들의 이름과 출석번호를 모두 외워야 했다. 수
업에 따라가기 위해서는 누가 지문을 읽고 있는지,
그리고 그 읽기가 언제 끝나는지를 알아야 했으니
까. 혹시라도 내 번호가 불린다면 바로 지문을 이
어서 읽어야 했으니 긴장의 연속이었다.

"1980년대 서울의 한 아파트를 배경으로 한
소설이고, 전지적작가시점으로 서술된다. 주제

는…… 애!"

"네? 저요?"

나는 화들짝 놀라 비명에 가까운 대답을 했다.

"애! 너 말이야, 너. 내가 가리키고 있는 사람은 너밖에 없잖니. 너는 왜 그렇게 사람을 빤히 보니?"

국어 선생님의 막대기는 정확히 나를 가리키고 있었다. 너무 당황해서 해야 할 말이 생각나지 않았다. 반 아이들 모두가 나와 국어 선생님을 보고 있었고, 수업 시간마다 영락없이 졸던 아이까지도 일어나 무슨 영문인지 눈을 반짝이며 지켜보았다.

"이 친구는 청각장애가 있어서 선생님의 입 모양을 봐야 한대요."

할렐루야. 그때만큼은 짝꿍이 정말 구세주 같았다. 우물쭈물하며 겨우 선생님을 바라봤는데 선생님의 얼굴이 붉어져 있었다.

"그러면 나한테 미리 말해줬어야지! 왜 말을 안 해줬니? 그것도 몰라서 미안하네."

국어 선생님은 수업이 끝난 후 나를 따로 부르셨

다. 두려운 마음으로 굳게 닫힌 교무실 문을 열었다.

"처음부터 장애가 있다는 걸 말해줬더라면 오해가 없었을 거야."

선생님은 돌출된 입이 콤플렉스였고, 나는 수업을 듣기 위해 선생님 입 모양만 뚫어지게 바라보았으니 오해할 수밖에. 그제야 선생님이 왜 그렇게 호통을 치신 건지 이해가 되었다. 그리고 동시에 다른 고민이 고개를 들었다. 어떤 사람들은 소리를 '듣지만' 나와 같은 사람들은 소리를 '본다'. 상대의 입 모양을 보는 것은 내겐 생존과 다름없는 일이다. 하지만 받아들이는 이에 따라서는 불편함을 느낄 수 있다는 생각에 입안의 침이 썼다. 그럼 나는 처음부터 오해를 없애기 위해 내가 지닌 장애를 먼저 드러내야 하는 걸까?

흔히들 말한다. 농인, 청각장애인은 겉으로 드러나지 않기 때문에 다른 장애에 비해 더 나은 것이 아니냐고. 하지만 장애가 지닌 각자의 무게를 어떻

피어싱 대신 보청기를 낍니다

게 판단할 수 있다는 것인가? 과연 그것을 재단하는 기준이 있을까? 온갖 소리가 넘쳐나는 이 사회에서 이해하기 위한, 또 이해받기 위한 과정이 새삼 고단하게 느껴졌다. 그리고 그때로부터 오랜 시간이 지난 지금도 나는 장애를 바라보는 시선에서 자유롭지 못하고, 피곤함을 느낀다. 나는 언제쯤 '자연스럽게' 받아들여질 수가 있을까? 그때쯤이면 내 고민도 끝이 날까?

내 아이가 더 나빠진다는데
누가 좋아해요

2009년 6월, 가족복지론 시간이었다. 그날은 구성원 중 장애인이 있는 가족, 즉 장애인 가족이 주제인 날이었고, 장애가 있는 자녀를 둔 분이 오셔서 부모로서 자녀의 장애를 인정하고 받아들이기까지 본인의 경험에 대해 이야기하는 시간이 포함되어 있었다.

처음 아이의 장애를 알았을 때 든 생각은 '왜 나에게 이런 일이 일어났을까?'였다고 한다. 삶은 원망과 불평으로 가득 찼고, 이 모든 상황을 누군가

피어싱 대신 보청기를 낍니다

의 탓으로만 돌리고 싶었다고. 그러다 어느 순간, 애써 부정해도 현실은 변하지 않는다는 걸 깨닫고 비로소 받아들일 수 있게 되었다고 고백했다. 무언가를 인정하고 받아들이는 것은 사람마다 다르지만 꽤 오래 애썼다는 것이 느껴졌다. 이제는 담담히 이야기할 수 있다는 그분의 말에 문득 우리 엄마 생각이 났다.

나는 어렸을 적 어지럼증으로 병원에서 검사를 받았으나 이석증일 것으로 추측만 할 뿐 정확한 병명을 진단받지 못했다. 이십 대가 되어 또다시 같은 어지럼증이 재발하면서 구토와 함께 쓰러졌고 대학병원에 실려 가 검사를 받는데, 새하얀 가운을 입은 사람들 여럿이 내 쪽으로 우르르 달려오던 기억을 마지막으로 정신을 잃었다. 얼마나 지났을까, 눈을 떠보니 아무 이상이 없다는 진단이 내려진 후였다.

병원에서는 내가 청각장애가 있다는 사실을 뒤

늦게 알고 다시 이비인후과 검사를 추천했다. 빛이 통하지 않는 새카만 방에 들어가 눈을 뒤집고 귀에 물을 넣는 검사를 하고 뇌파검사도 실시했으나 검사 결과 이상 무. 귀 문제로 어지럼증이 발생한 것 같다며, 정확한 병명을 알기 어려우니 충분히 휴식을 취하라는 말이 전부였다.

일주일 후, 재검사를 위해 병원에 갔을 때 청각장애 2급을 판정받았다. 그제야 모든 것이 퍼즐처럼 맞춰지는 느낌을 받았다. 나의 복지카드에는 장애 6급이 새겨져 있었으나 항상 의아했다. 6급이면 청인과 비슷한 청력을 지녀야 하지만 그러기엔 나는 너무나 많은 소리들을 놓치고 있었다. 이제서야 나의 청력에 알맞은 판정을 받은 것 같았다.

"하정 씨의 청력은 2급과 3급의 경계 즈음에 있습니다. 2급으로 올려드릴까요?"

의사 선생님은 내가 아닌 엄마를 향해 말했다. 덕분에 그저 멍하니 생각에 잠긴 엄마의 표정을 볼 수 있었다.

장애등급이 6급에서 2급으로 상향되면 KTX 50%, 모바일 요금제 할인, 각종 장애 할인 혜택을 더 많이 받을 수 있다는 생각에 기쁨을 주체할 수 없었다. 엄마, 뭐 해! 빨리 올려달라고 해, 3급보다는 2급이지! 신나게 텔레파시를 보냈다. 그런데 엄마의 반응은 예상과 달랐다. 엄마의 표정을 살피던 선생님은 등급을 올리는 게 싫으냐 물었다.

"어우, 싫죠. 내 아이가 더 나빠진다는데 누가 좋아해요."

아직도 가끔 그날의 진료실을 채우고 있던 공기가 느껴진다. 엄마는 웃으며 너스레를 떨었지만 곧 울 것 같은 표정이었다. 한 공간에 있던 의사 선생님과 나, 그리고 우리 엄마는 모두 다른 생각으로 서로의 마음을 열심히 헤아리고 있었겠지.

힘내서 살아!

"숭실대입구요."

택시기사분이 고개를 갸웃하기에 나는 다시 한 번 크게, 또박또박 말했다.

"숭.실.대.입.구.요."

그럴 줄 알았다. 여전히 긴가민가하는 표정이다. 내비게이션에 직접 찍어드리겠노라 하니 그건 싫다 하시기에 가만히 기다렸다.

"총신대입구요?"

'ㅅ'과 'ㅊ' 발음이 불분명해서인지, 숭실대와 총

피어싱 대신 보청기를 낍니다

신대가 가까워서인지 많은 택시기사들이 헷갈려 했다. 총신대가 아닌 '중앙대병원 근처에 있는' 숭실대라고 정정해드렸다. '상도역'과 '남성역' 사이에 있는 '숭실대역'이라고 구구절절 설명까지 덧붙였으나 하필 ㅅ 발음으로 시작하는 단어가 둘이나 있어 역명을 알아듣지 못했다. 상도역이라 말하면 창동역으로 듣고, 남성역이라고 말하면 에이, 모르겠다, 하는 대답이 돌아왔다.

"외국 사람이에요?"

"유학생인가? 몇 년 살다 왔어요?"

"한국인 맞아요?"

외국인이라고 둘러대기엔 나의 외모는 대한민국에서 나고 자란 전형적인 한국인이었다. 예전이었다면 대충 얼버무렸겠지만 요즘에는 확실하게 나의 장애를 이야기한다. 택시기사가 나의 발음을 잘못 듣고 엉뚱한 길로 갈 수도 있고, 실제로 낯선 곳에 도착했던 일도 적지 않았기 때문이다.

"제가 청각장애가 있어서요."

그러면 돌아오는 말은 대부분 공식처럼 비슷하다.

"아, 그려? 말을 잘하네!"(아까는 한국인 맞냐고 물어봤으면서.)

"아가씨 너무 예쁘게 생겼네."(어색한 분위기를 전환시키려는 노력이었을까?)

"힘내서 살아!"

이 말은 결제를 할 때쯤이면 어김없이 듣게 되는 단골 멘트다. 청각장애인인 나에게 용기를 북돋아주기 위해 하는, 하지만 힘이 나지도, 신이 나지도 않는 말. 이제는 너무 많이 들어 아무런 느낌도 주지 않는 말. 나는 대신 이 말을, 척박한 시대를 살아가는 이 시대의 청년에게 보내는 응원의 메시지쯤으로 듣기로 했다.

피어싱 대신 보청기를 낍니다

더할 나위 없이 좋았다

첫 회사에 출근하던 첫날이었다. 본사에서 교육을 받기 위해 경복궁역으로 가야 했는데 혹시나 늦을까 매시간마다 깨어나 시계를 확인하느라 한숨도 자지 못한 채 길을 나섰다. 낯선 동료들 사이, 긴장과 설렘을 동시에 느끼며 앉아 있으려니 유독 내 자리의 책상만 크게 느껴졌다.

담당자의 자기소개 후 교육이 시작되었다. 혹여 놓칠세라 작은 눈을 동그랗게 뜨고 모든 것을 받아 적었다. 간혹 모르는 용어가 나오거나 듣지 못했을 때는 조심스럽게 재설명을 요청했고 그럴 때마다 교육 담당자는 천천히 반복해주었다. 어느 날 대표님과의 면담이 잡혔다. 회사 홈페이지에서 대표님의 얼굴을 찾아 익히고 예상 질문들을 추려서 연습하다 보니 어느덧 면담일이 훌쩍 다가왔다.

긴장된 마음으로 문을 열고 들어가니 몹시도 낯익은 대표님께서 활짝 웃으며 반겨주셨다. 회사 생활은 어떠한지, 적응은 잘하고 있는지 물어보셨고 나는 모든 것이 처음이라 조금 어색하다고 말씀드렸다. 대표님께서는 불쑥 이런 질문을 하셨다.

"만약 하정 씨가 업무를 하다 내용을 잘 듣지 못했을 땐 어떻게 해야 할까요?"

잠시 망설였지만 머릿속에 떠오른 답은 명료했다.

"다시 물어봐야죠."

"그렇죠! 좋은 대답이에요. 비장애인도 말을 못 듣거나, 놓쳐서 업무를 제대로 처리하지 못하는 경우가 많아요. 청각장애인이기 때문에 듣지 못하는 것이 아니에요. 다시 한번 물어보는 습관을 기르면 돼요."

피어싱 대신 보청기를 낍니다

신입사원이자 청각장애인인 나로서는 되짚어 묻는 것은 무척이나 조심스럽고 용기가 필요한 행동이었다. 늘 내가 이해한 것이 맞는지, 상대에게 민폐가 되는 건 아닌지를 고민했던 터라 그 말씀은 나에게 큰 위안이 되었다. 면담을 마치고 대표님께 악수를 청했는데 기쁘게 받아주셨다. 그래도 뭔가 아쉬운 마음에 다시 한번 악수를 청했다.

지금 돌이켜보면 미생 김하정의 첫 회사 생활은 고군분투의 연속이었다. 하지만 좋은 동료와 좋은 상사, 좋은 대표님이 있었고 무엇보다 나의 몫을 할 수 있다는 사실에 미생은 더 힘을 낼 수 있었다. 첫 직장은 개인 사정으로 1년 남짓 근무했지만, 여전히 좋은 기억으로 남아 있다.

"전혀 위축될 필요 없고, 하정 씨에게 딱 맞는 업무이니 열심히 하길 바라요!"

다른 회사에서도 지칠 때마다 대표님의 말씀을 떠올리곤 했다. 나를 장애인이 아닌 그저 한 개인으로 바라봐주었던 회사, 그래서 더할 나위 없이 좋았다.

맛집이 나쁜 게 아니야

먹는 즐거움을 아는 농인 청년 훈이와의 인터뷰. 맛집 방문과 배달 주문 시 겪었던 경험들로 인해 축적된 노하우를 훈이에게 물었다.

하정: 맛집에 방문하면 주문은 어떻게 하나요? 또 배달의 장단점은 뭔가요?

훈이: 가게에서 일하는 분들은 대부분 청인이에요. 농인 입장에서는 불편한 점이 많죠. 농인 손님을 당연히 청인으로 생각하고 바로 말(음성언어)을 건네니까요.

"뭐 드시고 싶으세요?"라고 하면 그때 저는 "저 잘 안 들려요. 필담해주실 수 있나요?"라고 요청을 드려요. 그래도 계속 말로 하세요. 다시 핸드폰 메모장에 "제가 청각장애가 있기 때문에 필담으로 부탁드려요. 이해해주세요"라고 해도 메뉴를 묻는 말만 계속 돌아오기도 해요. 그래서 저는 간단히 먹고 싶은 것을 메모장에 써서 보여줘요. 메모장에라도 써서 주문하지 않으면 주문할 때 의사소통이 어긋난다는 게 단점이에요.

혹시 영상을 보시는 분들 중에 맛집 종사자가 계시다면 농인 손님이 왔을 때 눈치를 채고 센스 있게 필담을 해준다면 큰 배려가 될 거예요. 그리고 감사할 거고요.

농인과 청인의 의사소통 방법 중 가장 좋은 방법은 필담 혹은 핸드폰 메모장에 적는 것이 서로 간의 합의점이라고 생각해요. (농

인을 위해 억지로 필담해야 하는 건 아니에요. 오해하지 마세요)
농인 입장에서 배려라고 생각하고 감사할 거에요.

주문을 하고 배달이 오기를 기다릴 때 불편한 점은 주문을 한 후
에도 계속 신경을 쓰고 있어야 한다는 건데요. 주문 후 음식이 도
착할 때 배달원이 항상 벨을 누르기 때문이에요. 저는 대개 공부
를 하고 있거나 핸드폰을 하고 있기 때문에 벨이 울리고 있는지
몰라요. 청인이라면 벨소리를 듣고 음식을 받으러 가겠죠?

갑자기 전화가 와요. 뭐지? 이상하다 싶어 설마, 혹시 음식이 도착
했나 문을 열었더니 배달원이 엄청 화를 내는 거예요. 계속 기다
리고 계셨대요. 전 당황했죠.

이런 일이 있고 나서는 항상 신경을 써요. 문자를 보낼 때 [도착할
때 문자 보내주세요]라고 적어 보내기도 하고요. 조금 번거롭기도
하지만요. 그래도 그 이후로는 항상 배달원이 문자를 주기 때문에
저도 준비를 하고, 계산을 해요. 그리고 기분 좋게 음식이 위장에
축적되죠.

맛집이 나쁜 게 아니야

12개월만
할 줄 알았던
이야기

유튜브 채널 <하개월>의 시작

때는 바야흐로 2017년 11월의 어느 날, 농인들과의 망년회 자리였다. 올 한 해도 잘 보냈다며 서로의 안부를 확인하고 있었는데 한 지인이 불쑥 이런 말을 꺼냈다.

"하정아, 너 유튜버 해봐."

트위터에서 청각장애에 대한 생각을 전하고 있는 그의 뜻밖의 제안에 "내가 무슨 유튜버야, 네가 해"라며 가볍게 손사래를 쳤으나 그는 굴하지 않고 연거푸 내게 권했다. 본인의 초상권은 유튜브를 하기엔 비싸다나. (그럼 나는?) 그 자리에선 웃어 넘겼으나 집으로 돌아와 그가 트위터에 올린 글들을 찬찬히 살펴보았다. SNS 세상에서 자유롭게 자신의 생각과 의견을 펼치는 그의 글을 보다 보니 내게도 하고 싶은 말들이 떠올랐다. 나도 목소리를 내면 청각장애에 대한 청인들의 인식을 조금이나마 바꿔볼 수 있지 않을까? 그렇게 나는, 유튜버 3년 차가 되었다.

미디어 속에서 그리는 농인과 청각장애인의 이미지는 극히 한정적이다. 사랑하는 사람의 목소리를 듣지 못하는, 불행을 안고 가는 사람인 경우가 대부분이다. 그들은 아예 말을 하지 못하거나 수어만 사용하는 모습으로 그려진다. 사실 수어는 농인에게 하나의 언어로 자리 잡았고, 대한민국에서도 한국수화언어법이 제정되어 국어와 동등한 자격을 지니고 있다. 그들은 '듣지도 말하지도 못하는' 것이 아니라, 수어로 이미 말을 하고 있는데 사람들은 오로지 음성언어만을 말이라고 생각하는 듯하다. 미디어를 제작하는 주체가 비장애인이라 그런 걸까? 그래서 나는 농인, 청각장애인으로서 내가 직접 주체가 되어 솔직하게 나의 이야기를 담아보기로 했다.

유튜브 닉네임을 정하는 데엔 5분도 걸리지 않았다. 이미 블로그에서 1년간 활동을 했기 때문에 사용하던 닉네임을 그대로 가져왔다. 딱 12개월만 해보자는 의미의 '하개월'. 12개월 동안 영상을 1개씩 업로드해보자는 마음이었다.

다른 사람들은 유튜브 채널을 운영할 때 소재나 아이디어 고갈에 대한 고민이 많다는데, 내게는 해당되지 않는 얘기였다. 매일 경험하는 하루하루가 소재인 데다 화두였기 때문이다. 한번은 어떤 이야기를 담을지 백지에 주제들을 쭈욱 나열해봤는데 3년 분량을 거뜬히 채우고도 남을 양이었다. 12개월이 아니라 수십 개월은 더 하겠구나, 싶었다.

채널을 오픈했을 땐 가까운 지인 몇 명에게만 알렸다. 그러다 꾸준한 업로드가 도움이 되었는지

점차 유튜브 추천 영상에 내 영상이 노출되기 시작했고, 그 결과 유튜브를 시작한 지 한 달 만에 구독자 1천 명을 돌파했다.

이런 콘텐츠가 왜 이제야 나왔냐, 텔레비전에 비치는 장애와 관련된 내용보다 〈하개월〉 영상이 더 솔직하고 와닿는다, 나도 인터뷰에 참여하고 싶다는 등의 메시지와 메일이 끊이질 않았다. 그동안 농인, 청각장애인을 위한 무대가 없었기 때문에 다들 이런 주제와 영상에 목말랐던 게 아닐까. 심지어 요즘은 나뿐만 아니라 다른 농인, 청각장애인 유튜버들도 많이 늘었다. 누구나 채널을 오픈할 수 있는 유튜브 생태계의 좋은 현상이라고 생각한다.

나처럼 구화와 수어 양쪽 모두 하는 유튜버만 있는 게 아니라 수어를 하는 유튜버, 구화를 하는 유튜버 등 다양한 크리에이터가 있다는 것은 모두 같은 농인, 청각장애인이 아니라 그 내부에서도 다양한 차이가 있음을 보여주니까.

유튜브가 물론 좋은 기회의 장임은 분명하다. 하지만 한 가지 아쉬운 점이 있다. 바로 유튜브 영상에 자동으로 제공되는 '자막'이다. 자동 자막은 TTL 기술을 이용해 영상의 음성을 인식한 후 즉시 텍스트로 화면에 띄우는 기능인데, 아직 정확한 자막을 제공하기에는 그 기술이 턱없이 부족하다. 아래의 문장은 실제로 내가 본 자동 자막의 일부다.

'내자 말이더오가 그렇게 해봐 되르까 안이까'

이 문장을 보고 유튜버가 무슨 말을 하고 있는

지 온전히 이해할 수 있겠는가? 영상을 반복해서 되돌려 입 모양을 읽어보려고 했지만 도저히 감이 잡히지 않았다. 결국 청인 친구에게 물었는데, 그 문장의 의미는 '내가 말이야 그렇게 해야 돼, 안 해야 돼?'였다. 이건 곧 자동 자막을 오롯이 신뢰하기가 힘들단 얘기였다.

많은 직장인들이 제2의 직업으로 유튜버를 꿈꾸고, 초등학생들의 장래희망 1위가 유튜브 크리에이터라는 기사를 본 적이 있다. 다양한 콘텐츠가 늘어난다는 것은 참으로 반갑고 설레는 일이지만 우후죽순으로 늘어나는 영상들 중 내가 볼 수 있는 영상에는 한계가 있다는 것을 느낄 때면, 나의 장애에 대해 다시 한번 자각하게 된다.

실시간으로 유튜버와 구독자들이 이야기를 나누는 라이브 방송 역시 마찬가지다. 대부분의 영상에는 자막이 아예 없거나 엉터리 자동 자막이 재생될 뿐이다. 그럴 때면 '청각장애가 있어서 그러는데, 혹시 자막을 달아줄 수 있나요?'라고 댓글을 달아본다. 돌아오는 답변은 '점 3개를 누르면 자막이 나와요.' 자동자막을 말하는 것이다.

물론 나도 영상 전체에 자막을 입히는 것이 얼마나 힘들고 고된 작업인 지 알고 있다. 그러나 홍수처럼 쏟아지는 콘텐츠 속에서 홀로 섬처럼 떠 있는 기분을 느꼈을, 그리고 지금도 느끼고 있을 농인과, 청각장애인들을 생각하면 마음이 결코 편하지 않다. 그래서 내 채널만큼은 자막을 입히는 작업을 결코 게을리하지 않는다. 장애인과 비장애인이 같은 정보를 동등하게 제공받으며 영상을 볼 수 있는 것은 당연한 일이어야 하기 때문이다.

나는 유튜브 크리에이터로서 활동하기도 하지만 동시에 한 명의 유튜브 시청자이기도 하다. 가장 좋아하는 유튜버는 박막례 할머니인데, 영상에 한글 자막이 꾸준하게 달릴 뿐만 아니라 자막에 할머니의 말투와 발음을 그대로 표현했기 때문에 더 정겹고, 더 친근하다.

'Happyfeet SJ 샤론' 또한 그렇다. 유튜브 알고 리즘 덕에 영상을 접했는데 한글 자막이 없었다. 혹시나 하는 마음에 자막을 달아줄 수 있는지 물어보았더니 얼마 지나지 않아 영상에 자막이 달리기 시작했고, 그 후로도 현재까지 꾸준히 자막을 달아주고 있다. 심지어 덕분에 더 많은 분들과 소통할 수 있게 되어 감사하다는 메시지를 받기도 했다.

바로 지금, 잠시만이라도 좋아하는 영상의 소리를 가장 낮게 낮추고 자동 자막을 띄워 보기를. 나의 평범한 일상이 다른 이에게는 결코 평범하지 않을 수도 있다는 걸 많은 이들이 알 수 있었으면 한다. 모든 영상에 자막이 달릴 때까지, 내 댓글놀이는 멈추지 않을 것이다.

12개월만 할 줄 알았던 이야기

'농인'이 뭔데? (Deaf vs deaf)

나는 '농인'이다. 처음 만나는 사람들은 이 낯설고 생소한 단어가 무어냐고 묻는다. 농인이라는 개념을 접하기 전 나는 청각장애인 하면 자연스레 수어를 떠올렸다. 미디어에서는 수어를 하는 청각장애인만 등장했고, 나처럼 구화를 하는 청각장애인은 본 적이 없었다. 내게는 '청각장애 2급'이라고 적힌 복지카드가 있었으나 수어를 할 줄 몰랐기 때문에 내가 청각장애인이 정말 맞는 걸까 고민한 시기도 있었다.

원래 농인이라는 개념은 '농아인聾啞人', 즉 들을 수 없고(농) 말을 할 수 없는(아) 사람이라는 단어에서 나왔다. 그러다 농아인이 수화라는 언어를 사용하거나 음성언어를 통해 청인과 대화가 가능하다는 것을 고려하여 '아' 자를 지워 농인이라는 단어가 통용되기 시작했다.

초기에 농인은 영어로 'deaf', 소문자 'd'를 사용하여 의료전문가들에 의해 어느 정도 들을 수 있는 '난청인'과 대비되는 '듣지 못하는 사람'으로 정의되었다. 그러나 미국에서 농인에 대한 관점이 '듣지 못하는 사람'이 아니라 '볼 수 있는 사람', '수어를 사용하는 사회문화적 집단'으로 변화하면서 deaf가 아닌 'Deaf'라는 단어를 사용하게 된다. 이 영향인지 지금 한국에서도 농인이라는 단어의 의미를 '듣지 못하는 사람'이 아닌 '수어라는 언어를 사용하는 문화적 존재'로 해석하는 방식 또한 존재한다.

그만큼 다양한 이해관계에 놓인 집단들이 서로

다른 방식으로 농인을 해석하고 있다는 의미다. 의료전문가들은 여전히 농인을 '듣지 못하는 사람'이라는 의미로 사용하며, 수어의 중요성을 강조하는 사람들은 '수어를 제1언어로 사용하는 사람'이라는 의미로 사용한다.

그렇다면 '난청인', '구화인', '청각장애인'의 정의는 어떻게 해결할까? '난청인'은 앞에서도 설명한 것처럼 의료전문가들에 의해 정의된, '어느 정도 들을 수 있는 사람'을 의미한다. 청각장애인이라는 장애인복지법에 명시된 중립적 정의의 하위범주다. 즉, 장애인복지법에서 정의하는 청각장애인의 하위범주로 농인과 난청인이 있는데, 이때 구분하는 기준이 바로 청력이다.

'구화인'은 사전적인 정의는 없지만 음성언어를 사용하는 청각장애인을 일컫는 말로, 현장에서 통용된다. 그러나 수화가 수어로 변한 것처럼 구화인을 '음성언어를 사용하는 청각장애인'으로 정정하여 사용할 필요가 있어 보인다. 청력 기준에 의해 농인(deaf)과 난청인(hard of hearing)이 구분되는 것과 같이, 구화인을 사용 언어에 따라 '수어를 사용하는 농인(Deaf)'과 대비되는 '음성언어를 사용하는 청각장애인'으로 생각하면 된다.

태어날 때부터 농인(Deaf)으로 성장한 사례는 생각보다 흔하지 않다. 국제적인 통계에 의하면 청각장애인의 90%는 청인 부모 밑에서 성장한다. 어릴 때부터 수어를 제1언어로 습득할 수 있는 환경에서 성장하지 못한다. 그래서 농학교에 진학하거나, 대학에 진학하여 뒤늦게 농인을 접하면서 자연스럽게 수어를 습득하고, 농정체성이 생기며 뒤늦게 농사회에 진입하는 청각장애인들이 많다. 나역시 여기에 속한다. 음성언어를 제1언어로 사용하며 성장하다가 나중에는 수어를 제1언어로 사용하는 농인들 또한 실제로 많은 편이다.

이렇듯 농인과 청각장애인은 서로 혼재되어 사

용되는 개념이다. 실제로 한국수화언어법에서는 농인을 이렇게 정의하고 있다. "'청각장애'를 지닌, 농문화 속에서 한국수어를 일상적으로 사용하는 사람."

음성언어를 구사하고 듣는 데 문제가 없고, 수어를 사용할 수 있으며, 농문화에 소속감을 느끼고 농인이라는 정체성을 지녔다면, 그 사람도 농인으로서 존중해야 한다. 농인이라는 정체성은 타인에 의해 부여되는 것이 아니라 스스로 확립하는 것이기 때문이다.

나는 유튜브에서 '농인'과 '청각장애인'이라는 단어를 함께 쓰고 있다. 청인 구독자들은 대부분 농인이라는 단어를 낯설어하다가도 청각장애인이라는 단어에는 고개를 끄덕인다. 그래서 나는 더 많은 사람들이 '농인'이라는 단어에 익숙해질 수 있도록 사람들이 익숙한 '청각장애인'이라는 단어를 함께 붙여 쓴다.

당신에게 전하고 싶은 이야기

처음 유튜브 채널 〈하개월〉을 시작했을 때 나는 나를 농인이라고 소개했다. 그렇다. 나는 말하는 농인이고, 내 모습을 본 사람들은 음성언어가 아닌 수어를 사용해야 하는 게 아닌지 물어보고는 한다. 그럴 때마다 나는 대답했다. 내가 음성언어를 사용하는 이유는 바로 농인과 청인의 문화를 연결하는 교두보가 되기 위해서라고. 청인 문화 속에서 자라 온 나는 청인들이 소리를 얼마나 익숙해하고 선호하는지 이미 알고 있었다. 그렇기에 진입 장벽을

12개월만 할 줄 알았던 이야기

낮추고 많은 이들과 소통하기 위해 내가 선택한 것은 청인들의 언어이자, 나의 제1언어인 음성언어였다.

앞서 말했듯 나는 내 유튜브 채널이 농인과 청인 간의 교두보가 되길 원한다. 농인과 청인 간의 오해와 편견을 깨뜨리고, 더불어 사는 사회를 만드는 데 기여하기를. 물론 이는 좀처럼 쉬운 일이 아니고, 주의해야 할 점이 상당히 많을 수 밖에 없다. 내 유튜브 채널에서도 특히 주의하고 있는 몇 가지를 소개한다.

1) '건청인'과 '장애우'

'청인'은 '들을 수 있는 사람'을 뜻하고, '건청인'은 '건강한 청력을 지닌 사람'을 뜻한다. 문제는 '농인'이 이 단어들과 대비되어 '청력이 건강하지 못한 사람'이 되어버린다는 것이다. 그렇기 때문에 요즘은 '건청인'이라는 단어를 지양하는 추세다.

또한 '장애우'라는 단어. 이 단어는 장애에 '벗우友'라는 글자를 붙여 동정적인 관점을 내포하고 있다. 그 외에도 '정상인'이나 '일반인'이라는 단어보다는 '비장애인'이나 '청인'이라는 단어를 지향한다. 장애의 유무를 정상과 비정상을 나누는 기준으로 삼지 않기 위해서다.

2) 수어냐 수화냐, 그것이 문제로다

청각장애라는 단어를 두고 그와 관련된 여러 단어로 뻗어 나가다 보면, 한 번쯤은 등장하는 단어가 있을 것이다. 바로 '수화'. 이 단어는 대부분의 사람들이 알고 있지만, '수어'라는 단어는 그렇지 않다. 수어란 무엇일까? 2016년 8월에 제정된 한국수화언어법에 의하면, 수어란 '한국수화언어'의 줄임말인 '한국수어'를 의미한다. 즉 수화와 수어는 같은 개념이지만 수화는 공식 언어라기보다는 손짓이나 마임 등으로 낮게 평가되는 경향이 있어,

청인들이 사용하는 한국어와 대등한 위치에 있는
언어라는 법적 지위를 부여하고자 한국수화언어법
제정을 통해 한국수어라는 단어로 공식화되었다.
과거에는 수화라는 단어가 주로 사용되었으나, 이
제는 수어라는 단어를 사용하는 추세인 데다 한국
어와 동등한 법적 지위를 지니고 있으니 이를 염두
에 두어야 한다.

3) 안 들리는 것은 죄가 아니다

청각장애를 지니고 있음을 얘기할 때, 사람들의 반
응은 주로 이렇다.

① (잠시 당황한 후) "부모님이 많이 힘드셨겠네."

② (정말 궁금한 표정으로) "정말? 그럼 어느 정도로 들려?"

③ (어쩔 줄 모르는 표정으로 동공이 마구 흔들린다)
   "아……." (갑자기 싸해지는 분위기는 덤)

④ (미안해하면서 갑자기 사죄한다) "저 수어 모르는데……
   괜찮아요?"

⑤ "아, 그래요? 나 수어 할 줄 알아요." (라고 말하면서 '사랑합니다' 수어를 한다.)

모든 사람들의 시력이 각자 다른 것처럼 모든 사람들의 청력 또한 다른데 내가 어느 정도의 데 시벨을 들을 수 있는지 설명하기는 쉽지 않다. 즉, "얼마나 안 들리는가"라는 질문 자체가 성립되지 않는다는 소리다. 보통은 100데시벨을 넘어가면 '고도난청으로 인한 측정 불가'라는 결과가 뜬다.

나의 경우에는 보청기를 끼면 60데시벨까지 들린다. 조용한 곳에서 대화하면 얼추 알아듣기는 하지만 앞뒤 문맥에 따라 단어들을 파악해 대강 짐작하는 경우도 많다. 하지만 더 잘 듣기 위해 상대방의 입 모양을 보고 들려오는 소리에 온 신경을 집중해야 하니 눈뿐만 아니라 온몸이 금세 피로해진다.

시끄러운 곳에서는 소음과 말소리가 섞여 이마저도 불가능하고, 보청기를 빼면 오로지 정적만이 남는다. 다른 사람들은 잠을 자다가 번개나 천둥, 빗소리, 심지어 모기 소리에도 깬다지만 나는 지금까지 단 한 번도 그런 적이 없다.

이 밖에도 음악만 들을 수 있는 사람, 전화를 할
수 있는 사람, 아예 들리지 않는 사람, 간혹 소리는
들리지 않지만 말을 할 수 있는 사람 등 너무나 다
양한 사람들이 있다. 보청기나 인공와우기기를 통
해 소리를 듣고 그 내용을 파악하는 사람도 있지
만, 어떤 사람들은 소리는 인식하더라도 그 내용을
이해하지 못한다. 청력과 훈련의 정도 등 여러 가
지 조건에 의해 천차만별로 나뉘기 때문이다. 몇
데시벨이라는 숫자로는 이렇게 다양한 사람들의
존재와 고유의 경험을 표현할 수 없다.

안 들리는 것은 죄도 아니고, 불쌍한 일도 아니
다. 분위기가 싸해질 일도, 우리 부모님의 안부를
갑자기 걱정해줄 일도 아니다. 변화는 분명 이러한
사실들을 인지하는 곳에서부터 시작될 것이다.

제 이름은 ^^입니다

"안녕하세요. 하개월입니다. 제 수어 이름은 이거예요."

〈하개월〉 유튜브 영상의 시작을 알리는 멘트다. 하지만 "수어 이름은 이거예요"라는 자막이 구독자들은 이해가 되지 않았던 모양이다.

"수어 이름이 뭐예요?"

"영상 보면 항상 수어 이름이 나오는데, 뭐죠?"

"수어 이름이 뭔지 설명해주세요."

수어를 처음 배울 때는 보통 자음과 모음을 나

타내는 '지화'와 숫자를 나타내는 '지숫자'를 먼저
배우는데, 지화를 어느 정도 배우면 자신의 이름을
지화로 나타내는 연습을 한다.

ㄱ ㅏ ㅁ ㅎ ㅗ ㅈ ㅓ ㅇ.

처음엔 손을 쓰는 것이 익숙하지 않아 계속 틀
리지만, 이내 제 이름을 찾아간다.

ㄱ ㅣ ㅁ ㅎ ㅏ ㅈ ㅓ ㅇ

하지만 자음과 모음을 한 단위씩 나타내야 하기
에 일일이 지화로 이름을 부르는 것은 비효율적이
다. 우리가 사람을 부를 때 "기역, 이, 미음, 히읗,
아, 지읒, 어, 이응"이라고 부르지 않는 것처럼 말
이다. 지화는 시각문자가 아니기에 농인의 얼굴에
서 나타나는 특징을 보고 짓는 얼굴 이름, 즉 수어
이름이라는 게 있다.

나의 수어 이름은 2010년 같은 대학교를 다니
던 농 선후배 모임에서 지어졌다. 그 전까지는 손

가락 빠지게 지화로 나의 이름을 소개할 수밖에 없었다. 나의 수어 이름 후보로는 몇 가지가 있었다. 내가 자주 짓는 눈웃음의 모양을 가져오거나, 안경을 낀 모습을 가져오거나. 후보로 나올 만한 것들을 대충 예상하고 있었지만 정말 나온 후보들이 예상과 크게 다르지 않았다. 왜냐하면 나의 얼굴에서 특징이랄 것은 바로 눈이었는데, 초승달처럼 휘어져 있어 마치 하회탈 같다는 소리를 자주 들었기 때문이다.

하지만 눈 모양을 따서 만든 수어 이름은 흔한 편이어서 헷갈릴 수 있었다. 눈 근처에 수어를 갖다 대면 "아, ◇◇이 말하는 거야?", "□□이?", "누구지? 이름 뭐야?"라며 다른 사람의 수어 이름과 혼동할 가능성이 컸다. 나는 농인들이 나를 확실하게 기억할 수 있도록, 헷갈려하지 않게끔 수어 이름을 만들고 싶었다.

결국 모두가 머리를 맞대고 만든 내 수어 이름은 '아(ㅏ)'를 의미하는 검지와 '여성'을 의미하는 새끼손가락을 펴고, 나머지 손가락은 모두 접은 상태로 입가 부근에 가져다 대는 것이었다. 이때 입은 '하'를 발음하는 것처럼 입을 벌린 상태여야 한다. 간혹 입을 다무는 사람들이 있는데, 이러면 내가 아닌 다른 사람의 이름을 부르게 된다.

'하하하' 잘 웃는다는 의미와 나의 가운데 이름 '하'를 따서 만들어진 것이다.

보통 수어 이름은 농인이 지어준다. 얼굴의 생김새나 지니고 있는 습관을 따서 짓지만 요즘은 지화와 한자, 영어 이름을 이용해서 결합하여 만들기도 한다. 나는 지금까지 여러 나라의 농인들을 만나왔는데 성별을 뜻하는 수어를 결합하여 수어 이름을 만드는 나라는 한국뿐인 듯했다. 내 수어 이름을 어떻게 지었는지 설명하면 모두 깜짝 놀라고, 자신의 수어 이름을 소개하면서 성별에 따라 새끼나 엄지손가락을 펴면 되냐고 묻고는 한다.

그런가 하면 첫 만남에 대뜸 수어 이름을 지어달라는 사람도 있다. 하지만 누군가에게 이름을 붙이는 것은 신중해야 하는 일이 아니던가. 혹시 여러분에게도 누군가에게 수어 이름을 지어줄 기회가 생긴다면, 신중에 신중을 기하기를 개인적으로 바란다.

키 작은 꼬마 이야기

3가지 장애를 지닌 농인 청년 유토가 지금까지 그 누구에게도 말하지 못했던 자신의 이야기를 공개했다. 담담하게, 그리고 또 유머러스하게 자신의 일생과 일상을 늘어놓았던 유토.

하정: 유토에게 청각장애, 언어장애, 신체변형장애가 있죠? 다른 사람에 비해서 키도 작고요. 지금까지 살면서 어려웠던 적이나 좋았던 적이 있었을 텐데 한번 이야기를 나눠줄래요?

유토: 태어나기 전으로 돌아가고 싶다고 생각한 적이 많아요. 농인이지만 신체가 건강한 사람이 많은데 스스로를 돌아보면서 살기 힘들다고 생각했고, 가끔 자살하고 싶다는 생각도 많이 했어요. 그래도 부모님을 보며 살아야지 생각하면서 그런 생각이 들 때마다 참았고요. 어떻게 풀었냐면, 교회에 가서 기도했어요. 지금도 열심히 다니는 중이에요.

하정: 유토가 요즘 아르바이트를 구하려고 여러 자리를 알아보고 있는데, 몇 번이나 거절당했죠. 지금도 알아보고 있어요?

유토: 맞아요. 지금도 알아보고 있어요. 설거지나 정리정돈 정도를 하는 단순한 업무로 몇 군데 알아뒀어요. 그동안 통신중계서비스를 이용해서 문의했는데, 계속 거절당했어요. 농인이라서 거절한 것뿐만 아니라 키가 작아서라는 이유도 포함이에요. 아르바이트하는 농인들을 보면 너무 부러워요.

제가 왜 이렇게 되었는지 알고 싶어서 부모님께 물어본 적이 있는데 약물 때문에 그렇다고 하셨어요. 더 자세히 알고 싶은데 정확히 말씀을 안 해주셔서 아쉬웠어요. 또 남들의 시선이 저를 향할 때 기분이 안 좋은데요. 언제부터였냐면 어렸을 적부터예요. 사람들이 나를 쳐다보면서 비웃고, 벙어리라고 하고, 키가 작다면서 몇 살이냐고 비아냥거리고…… 상처를 많이 받았어요.

하정: 반면 키가 작아도 괜찮은 점, 좋은 점도 있나요?

유토: 놀이동산에 가면 입장 제한이 키 150센티미터 이하로 정해진 놀이기구들이 있어요. 150센티미터 이상인 사람들은 들어가지 못해요. 저는 150센티미터도 안 되니까 막 들어갈 수 있어요. 예를들면 바이킹도 저는 어린이 전용으로 타요.

하정: 아이들이 타는 꼬마 바이킹 말하는 거예요?

유토: 네. 저는 그걸로 만족해요. 또 릴레이 게임 때 유리해요. 림보 게임, 업고달리기 게임 등이 있는데요. 저는 림보가 90센티미터쯤 내려와도 그냥 지나가면 돼요.

하정: 등을 젖힐 필요가 없이 그냥 들어가면 되네요.

유토: 모두 저를 보고 하하, 호호 웃었어요. 그래서 저희 팀이 1등을 했어요.

혹시 통화 가능하세요?

유튜브 채널을 개설한 초반에는 그저 촬영 후 영상을 편집하고 업로드만 하면 모든 단계가 끝인 줄 알았다. 하지만 감사하게도 예상보다 더 많은 관심을 받았고, 그로 인해서 여러 곳에서 협업 요청 메일이 오기도 했다. 내가 옳은 길로 가고 있구나 하는 마음에 기분이 좋아지는 것은 덤이다.

어느 날은 한 곳에서 메일이 왔기에 읽어보니 급하게 전달해야 하는 사항이라며 연락처를 알려달라는 말이 쓰여 있었다. 얼마나 급한 일이기에? 물론

12개월만 할 줄 알았던 이야기

연락처를 아무 곳에나 알리는 편은 아니었지만, 일단은 전달해주었다. 내 휴대폰이 울린 건 메일을 보내고 채 5분도 지나지 않아서였다. 아니, 벌써?

[안녕하세요. 하개월님. ◇◇◇입니다. 혹시 통화 가능하세요?]

첫인사를 기분 좋게 읽다가 '통화'라는 단어를 보자마자 피가 거꾸로 솟기 시작했다. 나는 잠시 흥분을 가라앉히고 혹시 말하는 통화가 영상통화인지 물어보았다. 돌아온 답은 상대방의 당황스러움이 느껴지는 '죄송하다'는 말이었다. 청각장애가 있어도 전화가 가능한 사람들이 있어 나 또한 그런 줄 알았다고. 그렇게 해프닝은 일단락되었고, 이 일을 계기로 연락처를 전달할 때는 반드시 전화가 아닌 문자로 연락을 달라는 요청 사항을 함께 보내고 있다.

청인 중심 사회에서 통화라는 행위는 상당한 위치를 차지하고 있다. 번거롭게 어딘가에 직접 방문하는 일의 한 가지 대안으로 여겨지기 때문에 누군가에게는 편리함의 대명사이기도 할 것이다. 하지만 나를 가장 괴롭히는 것은 은행이나 카드사와의 통화였다. 인터넷 쇼핑몰에서 카드로 결제할 때는 ARS 본인인증이 필요했고, 내가 직접 카드를 수령할 때조차 전화로 본인인증을 받아야 했다.

지인이나 수어통역사에게 대신 통화를 부탁하기도 하지만 상담원은 '통화를 하는 사람이 꼭 본인이어야 한다는 규정이 있기 때문에 직접 방문하라'는 말만을 반복한다. 청인이었다면 간단한 몇 마디로 해결되었을 문제가 아닌가? 여기서 더 나아갈 수 있는 방법은 없을까?

불과 몇 년 전까지만 해도 택배를 어디에 두어야 하냐는 전화를 많이 받았다. 그럴 때마다 나는 전화를 받지 않고 집 앞에 놔달라는 문자를 보내곤 했지만, 그 문자는 무시된 채 다시 전화가 걸려왔다. 택배를 기다릴 때의 설렘보다는 걸려오는 전화에 대한 압박감이 더 컸고, 그 탓에 온라인보다는 오프라인 쇼핑을 더 선호하기도 했다. 비대면 방식과 문자를 더 많이 이용하는 요즘 사회의 모습과는 조금 동떨어진 얘기지만 말이다.

먹고사는 문제, 즉 취직도 마찬가지였다. 이력서를 제출한 후 받는 회사로부터의 연락은 항상 전화였다. 나는 장애인에게 일자리를 주선하는 공공기관을 통해 이력서를 제출한 적이 있고, 청각장애가 있음을 명시했으나 그럼에도 불구하고 전화가 걸려왔다. 터져 나오는 한숨을 뒤로하고 통화가 불가능하니 문자로 전달해달라는 연락을 취했다. 하지만 답장은 오지 않았다. 한번은 정말 다니고 싶었던 회사에 지원하면서 회사 측과 통화를 한 적이 있는데, 그때도 친구가 옆에서 통역을 해주면 내가 대답을 하는 식이었다. 그러나, 결과는 불합격이었다.

면접을 볼 때마다 항상 받는 질문이 있다. "의사소통은 어떻게 해요?", "수어통역 없이 대화가 될까요?", "전화는 받을 수 있어요?" 이런 질문을 받는 것은 농인, 청각장애인 면접자가 거쳐야 할 필

수 관문이다. 어떤 농인, 청각장애인의 경우에는 절박한 마음에 어느 정도 전화가 가능하다고 말하고 합격했는데, 결국 통화 내용을 제대로 인지하기가 어려워 동료들에게 부탁하는 일이 잦아졌다고 한다. 부탁하는 과정에서 눈치가 보일 수밖에 없는 건 당연한 일이었다. 또한 농인, 청각장애인이 말을 할 줄 아는 경우에는 통화 또한 문제없이 가능할 것이라고 오해하는 경우가 많아 나 같은 경우에는 전화 업무가 불가능함을 처음부터 알리는 편이다. 면접에서 불합격하더라도 말이다.

농인, 청각장애인들이 통화 때문에 겪는 불편함이 알려지자 작년 모 통신사에서 한 가지 해결책을 내놓았다. 농인, 청각장애인이 사용하는 회선에 전화를 걸면 해당 번호는 농인, 청각장애인이 사용하는 번호임을 알려주는 통화연결음이 나오는 것이다.

"청각장애를 가진 고객님의 휴대전화이며, 문자로 연락 주세요. 감사합니다."

이처럼 농인, 청각장애인의 고충을 해결하는 기술은 언제나 환영이다. 그리고 앞으로도, 기술은 더욱 진일보할 거라 믿는다.

저 사람에게 걸려라

지금까지 쌓아온 나의 경험에 의해 '파악하기 어려운 입 모양' 몇 가지를 아래와 같이 정리해보았다.

---

1. 남자의 입 모양은 대체로 어렵다.

2. 나이가 든 사람일수록 더 어렵다.

3. 빠르게 움직이는 입은 매우 어렵다.

4. 웅얼웅얼, 우물거리는 입도 상당히 어렵다.

12개월만 할 줄 알았던 이야기

5. 이 외에 입안에 음식이 가득하거나, 치아교정을 했거나, 입을
   가리고 말하는 사람은 아주 어렵다. (마스크를 쓴 사람은
   따로 덧붙이지 않겠다.)

간혹 위의 유형을 동시에 지닌 사람을 만날 때도
있는데, 핸드폰 메모장을 켜고 전달할 말을 적어 보
여주거나 필담을 하는 방법이 있긴 하지만 그건 임
시방편에 불과하기 때문에 그런 사람은 가능하면
피하고 싶다.

살다 보면 새로운 유형의 입 모양을 마주하고
중요한 일을 처리해야만 하는 상황이 더러 생긴다.
그중에서도 은행이 대표적이다. 어떤 입 모양을 지
닌 은행원을 만나는지에 따라 안심이 되기도 하고,
반대의 상황에는 불안해지기도 한다.

은행에 가면 우선 번호표를 뽑고 내 순서를 놓
치지 않기 위해 계속해서 전광판을 주시한다. 청인
과 은행에 가면 그가 번호 바뀌는 소리를 듣고 내

차례가 돌아올 때를 알려주기 때문에 여유가 생긴다. 농인과 함께라면 수다를 떨기도 하고 아무래도 혼자서 갈 때보다는 긴장이 덜한 편이다. 그러나 혼자일 때면 나란히 앉은 은행원의 입과 전광판의 숫자를 번갈아 바라보며 언제든 소파에서 출발할 태세를 갖추고 있다.

나는 젊은 여성 은행원을 더 선호하는 편이다. 여성의 입 모양은 비교적 뚜렷한 편이어서 더 잘 읽힌다. 용건을 마친 후 감사 인사와 함께 은행을 나서면 그제서 안도의 한숨을 내쉰다. 그리고, 나만의 주문을 외친다.

'다음에도 저 사람에게 걸려라!'

사실 훨씬 더 확실한 방법은 필담으로 소통하는 것이다. 그러나 시간이 오래 걸리기 때문에 대기 인원이 많을 때에는 눈치가 보이거나 당황하게 되는 경우도 있다. 부디 농인, 청각장애인에게 당연한 이 권리를 이해하는 사람들이 더욱 많아졌으면 한다.

아참, 위의 어려운 입 모양에 속한 유형이라도

걱정은 마시라. 소통하고자 하는 마음만 있다면 표현이 서툴러도 뜻은 전해지기 마련이니까.

당신의 사랑의 언어는 무엇인가요?

2011년 〈도가니〉 영화 촬영을 함께하면서 새로운 인연을 만났다. 수어통역사이자 한국농문화연구원을 운영하는 김유미 원장님이다. 농인들에게 늘 아낌없이 좋은 것들만 주려고 하시는 원장님 덕분에 연구원은 항상 발 디딜 틈도 없이 시끌벅적했다. 나는 그 분위기가 좋아서 매년 열리는 MT에 참석했고, 그중 한 번은 '5가지 사랑의 언어'라는 주제로 특강이 열렸다.

'5가지 사랑의 언어'는 책으로도 출판됐는데 참석

12개월만 할 줄 알았던 이야기

자들 가운데 책을 먼저 읽어본 사람들도 있었고, 아직 읽지 않은 사람들도 있었다. 강의는 책을 읽어보지 않은 사람들도 쉽게 이해할 수 있을 만큼 알차고 재미난 구성으로 진행되었다.

나는 선물로 받은 책을 이미 읽은 상태였고, 당시 만나고 있던 애인과 5가지 사랑의 언어 검사도 해보았다. (애인이 바뀔 때마다 테스트를 해본 것은 안 비밀이다.) 상대방의 1순위 언어는 무엇일까? 나와 같을까? 다르다면 1순위 언어는 무엇일까? 설레던 기억이 있다.

우리는 저마다 사랑을 표현하는 방법이 다르고 그 방법은 다양하다. 저자는 사랑 표현 방법을 5가지로 설명했는데 바로 '함께하는 시간', '봉사', '선물', '스킨십', '인정하는 말'이다. 이것이 바로 5가지 사랑의 언어다. 원장님은 한 가지씩 설명해주셨다.

· **'함께하는 시간'**은 나를 위해 시간을 내주고 오롯이
  상대방과 함께 하는 것에 사랑을 느끼는 언어다.

- **'봉사'**는 상대방이 필요한 것이 무엇인지 알고 상대방을 위해 기꺼이 시간과 노력을 바치는 사랑의 언어다.
- **'선물'**은 값어치가 크든 작든 상대방을 생각하는 마음을 담아 무언가를 주는 언어다.
- **'스킨십'**은 손잡기, 접촉과 포옹, 키스 등 모든 신체적 접촉을 통해 사랑을 느낀다.
- **'인정하는 말'**은 상대방의 인격을 존중하며 칭찬하는 것이다. 격려, 온유, 겸손한 말 등의 다양한 형태로 상대방의 가치를 알아주며 세워주는 것이다.

나의 1순위 언어는 '인정하는 말'이었다. 상대방에 대한 칭찬과 격려가 주로 작용하며 특히 사랑한다는 말을 하는 것이 중요한 부분을 차지한 방법이다. 그렇다고 시도 때도 없이 남발하는 것은 싫고, 진심을 담아 말을 주고받을 때 진정한 사랑을 느끼곤 했다.

이 5가지 사랑의 언어는 경청의 자세에서 나온다고 한다. 상대방과의 대화에 집중할 때에야 비로소 진정한 대화가 시작되는 것이다. 서로 눈을 마주 보는, 특히 지속적으로 시선을 유지하는 사람들은 호의적으로 평가받으며 눈을 똑바로 쳐다보면서 이야기할 경우 상대방은 당신의 말을 훨씬 더 진지하게 받아들인다고 했다.

원장님은 농인이 청인에 비해 경청하는 태도가 높다고 하셨는데 그 이유는 농인은 수어와 얼굴 표정으로 상대를 읽기 때문에 좀 더 대화에 집중할 수 있다고 하셨다. 또한 농인은 고개를 끄덕임으로써 경청하고 있음을 나타내고는 하는데 상대에게 당신의 말을 잘 듣고 있다는 메시지로 읽혀 편안한 대화 분위기를 이어갈 수 있다.

원장님의 강연을 듣고 있노라니 지나온 나의 연애사가 생각이 나며 이마를 탁! 칠 수밖에 없었다. 나는 이십대 초반에 첫 연애를 시작한 후로 쭉 농인, 청각장애인을 만났다. 그 중에서 늘 서로 눈을 마주 보며 대화를 나누었던 사람과 가장 잘 맞았고, 서로에게 솔직했다.

음성언어만 사용하는 사람과도 만난 적이 있는

데 상대방이 화가 났을 때 시선을 회피하고 자신이 듣고 싶은 말만 들었기에 서로 미묘한 오해가 생겨나고 좀처럼 풀기가 쉽지 않았다. 그럴 때면 그의 얼굴을 돌려 눈을 바라보고 이야기하곤 했었는데 그제야 마음이 누그러지는 것을 본 후부터 눈의 대화가 얼마나 중요한지 새삼 깨닫게 되었다.

강의가 끝난 후, 나는 최근에 사람들의 말을 얼마나 경청하며 존중하는 자세를 보였는가 돌아볼 수밖에 없었다. 내 이야기를 하기 바빠 상대방의 말을 제대로 잘 듣지 못한 것은 아닌지. 앞으로 더욱 열린 자세로 상대방의 눈을 바라보며 대화를 해야겠다.

여성 농인으로 산다는 것

설날을 앞두고 회사에서 선물 세트를 나눠주던 날이었다. 전 직원이 한 줄로 늘어섰고, 나 또한 곧 명절 휴일이 다가온다는 사실에 들뜬 마음으로 선물 세트를 받으러 갔다. 그러나 순간, 내 눈을 의심해야만 했다. 내가 지금 제대로 본 것이 맞나? 긴가민가했고, 설마 상사가 나에게 이런 말을 할 리가 없다고 부정해보았으나 상사의 입 모양은 너무나 명확했다.

'팬.티.벗.어.주.면.선.물.세.트.준.다.고.'

성범죄는 아무런 예고도 없이 찾아온다. 같은 공간에서 숨 쉬며 일하는 상사에게 그런 말을 듣다니 적잖은 충격이었다. 자리로 돌아와 방금 전의 기억을 되짚어보았으나 그의 입 모양은 분명했다. 나는 대체 어떤 말을 본 거지? 회사에서 그런 단어를 내뱉을 수 있다는 사실에 혼란스러웠다. 명백한 성희롱이었지만, 당시에는 당황스러움이 컸던 탓에 성희롱이 맞는 걸까 하는 의문까지 들 정도였다.

줄의 맨 마지막에 서 있던 터라 그 상황을 목격한 사람은 아무도 없었다. 이런 상황에서 나는 상사인 그의 권력 앞에 침묵할 수밖에 없었다. 지금에서야 고백하는 일이지만 사실 가족들도 이 사실을 모른다. 그럼에도 책에 이 이야기를 쓰는 이유는 다른 이들에게 용기를 주고 싶어서다. 나뿐만 아니라 많은 농인, 청각장애인 여성들이 성희롱과 성폭력에 무방비로 노출된다. 그런 여성들에게 용기를 내서 말하고 싶다. 더 이상 숨지 말자고.

나는 업무 외 시간에는 항상 보청기를 꺼두곤 했다. 그러나 어느 날부터 항상 켜두기 시작했는데, 바로 불법촬영범죄가 성행한다는 것을 알고 나서부터였다. 적어도 옆 칸에 사람이 있으면 인기척을 들을 수 있도록 화장실을 사용할 때는 꼭 보청기를 착용하게 됐다.

내가 지금까지 출퇴근한 곳은 광화문, 시청, 명동, 가산디지털단지 등인데 특히 가산디지털단지역은 회사가 밀집해 있어 직장인들이 많기로 유명하다. 사람들이 개미 떼처럼 밀착해서 계단을 오르내리는데, 나는 사람들이 모두 계단을 올라간 이후에나 계단을 오르곤 했다. 혹시나 찰칵 하는 소리를 놓치는 상황을 피하기 위해서였다. 이 '혹시나'는 불쑥불쑥 나를 찾아왔다. 공중화장실이나 사람들이 붐비는 곳에서는 더욱 몸이 움츠러들었고 괜스레 보청기를 만지작거렸다.

농인, 청각장애인 여성은 불법촬영을 눈치채기가 어렵다. 수어를 하는 것을 보고 미리 범행을 계획하여 집에 침입해 범죄를 저지르는 경우도 있었다.

심지어는 피해 여성이 성범죄를 신고하는 과정에서 수어통역사가 비밀보장원칙을 철저하게 지키지 않아 농사회에 피해 사실이 퍼질 우려가 있어 상담이나 신고를 하지 않는 경우도 상당하다고 한다.

대한민국에 사는 여성은 유리천장과 유리절벽에 부딪치며 살아간다. 특히 농인, 청각장애인 여성은 더더욱 그렇다. 그래서 나는 주로 사회로 진출할 기회가 상대적으로 적은 농인, 청각장애인 여성의 활약을 더 많이 알리기 위해 그들을 인터뷰한다. 그들도 충분히 할 수 있다는 것을 보여주기 위해서.

6월 3일 농인의 날 특집으로 제작한 영상도 이런 목적하에 탄생한 것이었다. 농인, 청각장애인 여성을 세상이 어떻게 평가하는지, 그리고 여성 장애인이라는 이유만으로 우리가 얼마나 쉽게 재단당하는지를 보여주고자 했다.

우리 모두 한 번쯤 들어봤을 법한 주제, 공감을 불러일으킬 만한 주제를 고민하다 보니 '결혼'이 떠올랐다. 누군가는 여성의 나이를 크리스마스 케이크로 비유하기도 한다. 12월 23일까지는 잘 팔리다, 12월 25일 크리스마스가 지나면 팔리지 않고, 12월 30일을 넘어서면 기어코 폐기되고야 마는 크리스마스 케이크. 우스갯소리로 하는 말이라지만 과연 이게 우스운 이야기일까? 나는 대한민국에서 살아가는 여성이라면 한 번쯤은 접했을 이 주제를 농인, 청각장애인의 시선에서 다뤄보고 싶었다. 영상의 제목은 나도 틈만 나면 들었던 말, '귀 안 들리니까 일반 남자랑 결혼해'였다.

"일반 남자 만나서 결혼해야지."

그냥 남자가 아닌 '일반 남자'? '일반 남자'란 무엇이길래 결혼의 전제 조건으로 등장하는가? 그 정의가 어떻든 적어도 내게는 좋은 의미가 아니었다. 들을 수 없는 것을 대신 듣는 사람, 즉 내 전용 통역사처럼 느껴졌으니까. 이는 곧 내가 약한 대상이라는 걸 다시 한번 상기시켜주는 것만 같았다. 심지어 일각에서는 장애인이 '일반 남자'를 만난다고 하면 동경의 눈빛을 받거나 선망의 대상이 되기도 한다. 그 '일반 남자'를 만나는 것이 자랑할 만한 트로피처럼 여겨지는 것이다. 농인, 청각장애인 커플이 자식을 낳으면 혹시 장애를 지니고 태어나지 않을까 우려를 하는 주변 사람들의 섣부른 기우 탓이리라.

나는 지금까지 그 '일반 남자', 즉 청인과 연애한 적이 한 번도 없다. 내가 농인, 청각장애인과 만난 이유는 내가 선택한 그가 어쩌다 보니 농인, 청각장애인이었기 때문이다. 배우자를 찾는 일은 어떤 기준이나 잣대가 아닌 오롯이 마음의 끌림이어야 하지 않을까.

앞으로 나는 농인, 청각장애인 여성으로서 이중고를 겪는 이야기들뿐만 아니라 미혼모나 비혼주의, 경력단절 등 다양한 주제의 콘텐츠를 유튜브에 담고 싶다. 하지만 가장 바라는 것은 농인, 청각장애 여성, 그리고 위에서 말한 모든 여성들의 경험이 콘텐츠가 되지 않는 날이 오는 것이다. 나는 그 날을 손꼽아 고대하고 있다.

우리들의 이야기

처음 농인, 청각장애인을 대상으로 인터뷰를 기획했을 때 인터뷰이^{interviewee}가 되었던 이들은 바로 평소에 알고 지내던 지인들이었다. 이미 익숙한 사람들이었음에도 불구하고 인터뷰 대상으로 만나니 만나니 색다르게 다가왔다. 그들은 자신의 이야기를 자신만의 매력적인 방식으로 풀어냈고, 나는 그들이 얼마나 멋진 사람들인지를 느낄 수 있었다.

어떻게 편집을 해야 이들의 장점과 매력을 그대로 보여줄 수 있을지, 오랜 시간 고민을 할 수밖에

12개월만 할 줄 알았던 이야기

없었다.

인터뷰 영상에는 주로 수어를 하는 농인들이 등장하는데, 몇몇의 친구들은 구화와 음성언어, 그리고 필담으로 자신의 이야기를 이어나갔다. 자신의 생각을 전달할 수 있는 수단을 현명하게 선택하여 영상 속에 녹여내는 것도 필요하다고 생각했기 때문이다. 멀리 있는 친구들을 만나기 위해 인천과 부산 등 먼 길을 달려가기도 했지만 그들이 어떤 이야기를 내게 펼쳐 보일지 기대되는 마음에 힘든 것보단 즐거움이 더 컸다.

별처럼 빛나는 요가 강사 아누샤

요가 강사로 활동하는 아누샤의 회원들은 모두 청인이다. 그녀는 구화를 사용하여 수업을 진행하는데 요가 자체가 굉장히 정교한 운동이고 그만큼 상당한 집중력을 필요로 하는 터라 모든 회원을 아우르며 수업을 진행하는 아누샤가 대단하다는 생각이 들었다. 회원들이 어떻게 자세를 잡는지, 또 어떻게 호흡해야 하는지가 모두 강사인 그녀의 역할에 달려 있었다.

수업을 하면서 그녀가 특히 신경을 쓰는 부분은 발음과 음악이라고 했다. 최대한 정확한 발음과 동작을 전달하기 위해 온 힘을 쏟고 나면 수업이 끝난 후엔 늘 녹초가 되어 버린다고. 그러나 그녀의 이러한 노력이 있었기에 회원들과의 소통에서는 크게 무리가 없다고 했다.

아누샤는 내게 몇 가지 동작을 알려 주었는데, 눕는 자세처럼 학생이 강사의 입 모양을 볼 수 없는 자세를 취할 때마다 나에게 더 집중해주었다. 나는 지금까지 수많은 운동을 해오면서 매번 강사가 무슨 말을 하고 있는지 몰라 허둥지둥할 때가 많았는데, 아누샤와 함께 요가를 할 때는 그런 일이 발생하지 않았다.

아누샤의 근황이 궁금했던 찰나 서울에서 열리는 요가 행사에 그녀가 참석한다는 이야기를 들었다. 그때 본 아누샤의 모습은 아직도 잊히지 않는다. 아누샤의 진두지휘 아래 모두가 일사불란하게 움직이는 모습은 가히 장관이었다. 그 완벽함을 구현하기까지 얼마나 많은 연습이 있었을지 짐작도 가지 않았다.

그녀는 말한다. 요가뿐만 아니라 모든 일에 할 수 있다는 자신감을 심어주는 강사가 되고 싶다고. 또한 요가 강사를 꿈꾸는 많은 청각장애인에게도 뜻을 전했다. 수련, 이론, 해부학 등을 공부해야 하는 지도자 과정은 결코 쉽지 않으며, 자격증 취득 후 강사로서 취업을 할 때도 어쩌면 남들보다 더 어려움이 따를지도 모른다고.

그러나 의지와 열정이 있다면 도전 앞에서 장애는 없을 것이라고 그녀는 단호하게 이야기했다. 별이라는 뜻의 아누샤라는 이름처럼, 누군가에게 꿈과 희망을 주는 별과 같은 그녀를 나는 항상 응원한다.

11개 나라 22개 도시를 누빈 샤방이

샤방이는 홀로 3개월 유럽 여행을 떠난 농인이다. 안정적인 회사에 다니던 그녀는 갑자기 퇴사를 하고 홀쩍 여행을 떠났다. 독일, 폴란드, 체코, 헝가리, 오스트리아, 크로아티아, 이탈리아, 스페인, 네덜란드, 벨기에, 프랑스까지 총 11개 나라, 22개 도시를 다녀온 그녀는 농인도 보청기와 와우기기, 그리고 배터리만 있으면 어디든 갈 수 있다고 웃으며 말했다.

겁이 많은 샤방이었기에 얼마나 큰 결심을 했는지 잘 알고 있었다. 비행기 표를 끊은 순간부터 테러, 결제, 의사소통, 소매치기 등 온갖 걱정이 머릿속을 떠나지 않았다고. 그러나 그 나라가 어디든 딱 발을 디디는 순간 생존 본능이 절로 튀어나왔다고 했다. 음식점에 들어가서는 메뉴판을 카메라로 찍어 확대한 후 가리켜 주문했고, 간절한 보디랭귀지면 의사소통에 큰 무리는 없었다고 한다.

한번은 프리워킹투어*에 참여했었는데, 처음 만난 홍콩 친구가 대학교 때 한국어 수업을 들었다며 영어로 진행되는 가이드의 말을 한국어로 통역해서 핸드폰 메모장에 적어 준 경험도 있다고 했다. 여행이 아니었다면 이런 소중한 인연을 만날 수 있었을까? 낯선 곳, 낯선 땅에서 눈물이 날 뻔했다며 그녀는 회상했다.

또한 몇 나라에서는 외국인 농인을 만나 국제수화로 소통하며 즐거운 시간을 보냈다고 했다. 우리나라에서 사용하는 수어는 전 세계 공용어가 아니다. 각 나라마다 언어가 다르듯이 수어도 다르기에 나라별 수어를 배워야 한다. 세계적으로 통용되는 수어에는 국제수화나 미국수어가 있는데, 한국에서 국제수화를 배워간 보람이 있다며 신나게 수다를 떨고 왔다고 샤방이는 전했다.

그럼 불편했던 경험은 없었을까? 그녀는 잠시 주저하며 말했다. 오히려 외국에서 만난 우리나라 사람들의 시선이 조금 부담스러웠다고. 안 들리는데 어떻게 여행을 하느냐, 안 들리는데 어떻게 한국에서 일하며 돈을 마련했느냐와 같은 무례한 질문을 받은 적도 있다고 했다.

외국어를 능숙하게 할 수 있지 않은 이상 소통이 제대로 되지 않는 것은 장애인과 비장애인 모두 마찬가지가 아닐까.

멋진 여정을 마치고 한국에 돌아온 샤방이는 말한다.

"겁 많은 저도 했으니까, 여러분들도 할 수 있어요."

또다시 새로운 여행을 계획하고 있는 그녀. 나를 캐리어에 넣어 함께 데려가줘!

유월의 푸르른 날에

유월은 뇌병변장애, 청각장애, 언어장애와 지체장애를 지니고 있다. 뇌병변장애에도 청각장애가 있다는 것을 알리고 싶었다는 그녀는 문을 닫는 것, 풍선 터지는 정도의 음파만 느낄 수 있기 때문

　　　　　　　12개월만 할 줄 알았던 이야기

에 수어나 구화 대신 필담과 핸드폰 메모장을 이용한 방법으로 인터뷰를 진행했다.

유월이 중복장애로 인한 불편함을 이야기하던 중 내가 깜짝 놀랐던 것은 영화관에 관한 내용이었다. 농인, 청각장애인이 영화관에서 느끼는 가장 큰 불편은 한국 영화에 한글 자막이 제공되지 않는다는 점이다. 그런데 휠체어를 타는 유월이 꼽은 것은 장애인석에 관한 것이었다. 장애인석은 맨 앞 열에 배치되어 있어 영화 상영 내내 고개를 들어 스크린을 바라보아야 하고, 역시나 한국 영화의 경우에는 자막이 제공되지 않기 때문에 그저 배경이나 좋아하는 배우의 얼굴만 감상하고 와야 한다는 것이었다.

나도 청각장애인이지만 장애인석이라는 지정석에서만 영화를 봐야 한다는 것은 미처 생각해본 적이 없었던 터라 마치 머리를 한 대 맞은 듯했다.
유월은 한국어교육학을 복수전공하는 대학생이다. 그녀는 한국어와 한국문화를 알리고 싶다는 빛나는 꿈을 꾸고 있었다. 그리고 그 과정에서 장애학생을 위한 실습 과정이 좀 더 개선되기를 바란다고 했다.

유월은 인터뷰 내내 물을 거의 마시지 않았다. 그 자리에 보호자가 나뿐이어서 화장실에 갈 수 없기에 음수량을 조절해야 한다고 했는데, 덕분에 촬영이 끝난 뒤에도 우리는 긴 시간 수다를 떨면서 함께 웃을 수 있었다. 푸르른 6월에 태어난 유월의 인생 또한 푸르길 소망한다.

3대 악마견이 청각장애인 도우미견?

럭키맘은 청각장애인 도우미견과 매일매일의 일상을 함께 한다. 무려 '3대 악마견' 중 하나로 유명한 견종인 슈나우저를 키우고 있는데, 그런 악마견이 청각장애인 도우미견이라니. '럭키맘'에서 알수 있듯 도우미견의 이름은 럭키다. 럭키는 알람, 전화벨, 초인종, 가스레인지 소리 등 럭키맘에게 필요한 소리들을 모두 알려준다. 수년 전 럭키맘의 집에서 하루 묵은 적이 있는데, 그때 나는 다음 날 알람을 듣지 못해 회사에 가지 못할까 봐 전전 긍긍하고 있었다. 그때 럭키맘은 대수롭지 않게 알람은 하나만 맞춰놓고 자라며, 걱정하는 날 안심시켰다. 그래도 걱정이 된 나머지 나는 알람을 세 개 맞춰두었고, 럭키는 다음 날 첫 알람이 울리자마자 나와 럭키맘을 깨웠다. 그 후 인터뷰 날 럭키맘의 집에 방문했을 때에도 럭키는 여전히 그곳에서 주인을 대신해 초인종 소리를 들어주고, 곁을 떠나지 않았다. 이미 방송에도 몇 번 나왔던 이력이 있어 내가 촬영을 할 때에도 카메라임을 알고 협조해준 똑똑한 럭키. 나를 기억하고 더 친근하게 굴어주면 좋았으련만, 엄마밖에 모르는 껌딱지 럭키였다. 이제는 악마견이라는 누명을 벗어야 하지 않을까.

한국 수어로 말하는 '위안부'

'위안부'는 대한민국 역사에서 묻혀서는 안 될

중요한 단어다. 조혜미는 바로 이 '위안부'를 농인 최초로 수어로 설명한 청년이다. 그는 현재 독일 베를린 Koreaverband(코리아협의회)에서 영상편집과 디자인 업무를 하며 Jubel3(베를린농아청년회) 임원 활동을 하고 있다. 잠시 한국에 들어왔을 때 인터뷰를 요청했는데 그녀는 흔쾌히 승낙했다.

그녀가 일하는 코리아협의회 안에는 여성 관련 '위안부' 업무가 있고 그들은 여성 인권에 대해 보여 주며, 위안부 관련해 아직도 해결해야 할 위안부 문제가 남아 있음을 알리고 있다고 한다. 제2차 세계대전 이후 일제강점기가 끝나고 많은 이들이 아무 문제없이 잘 해결된 줄 알고 있기 때문이다. 이러한 '위안부' 문제는 한국뿐만 아니라 베트남, 우간다, 콩고 등 여러 나라가 역사를 바로 잡기 위해 진행 중이고, 세계 각국의 젊은이들이 목소리를 내고 있다고 했다.

1988년 '위안부'라는 단어가 알려지게 되고 1990년 각 단체들이 힘을 모아 '한국정신대문제대책협의회'를 설립한다. 그리고 1991년 8월 14일 故김학순 할머니께서 처음 공개 증언을 하시면서 곳곳에 숨어 계시던 피해자 할머니들이 세상 밖으로 나오셨다. 이를 계기로 정대협 활동은 더욱 박차를 가하게 된다. 이 뜻깊은 8월 14일은 '위안부 기림의 날'로 선정되었다.

'위안부'는 내가 평소 관심 갖던 주제였는데 수어로 설명을 들으니 마음 깊이 와닿았다. 잊지 말아야 할 한국의 역사인데도 여태껏 한국농아방송 뉴스 외에는 관련 영상이 하나도 없었다는 것이 아쉬웠고, 조금 더 많은 사람들이 알기를 원했기 때문에 내가 주체가 되어 조혜미와 함께 영상을 만들었다.

아직은 해결해야 할 과정들이 많지만 관심을 두고, 바로 알고, 공유한다면 한 걸음 더 나아갈 수 있지 않을까? '위안부' 문제가 완전히 해결되기 전까지 조혜미의 어깨가 무겁다. 오늘도 고군분투하는 조혜미를 응원하며.

이들 외에도 인터뷰를 통해 자신의 신념과 생각을 보여주었으면 하는 사람들이 아직도 너무 많이 남아 있다. 한 명 한 명, 더 많은 사람들의 이야기를 직접 듣고 전할 기회가 언젠가 있으리라 생각한다.

* 외국인 관광객에게 관광명소를 다양한 방법으로 소개하는 무료 가이드 투어

PART

청각장애인은
운전을 잘하지 못할까?

'고요한 택시'라는 애플리케이션을 들어본 적이 있는가? 청각장애인 택시 기사와 승객을 연결해주는 것인데, 코엑터스라는 벤처스타트업 기업이 미국에서 청각장애인이 우버 택시기사로 일하는 것을 보고 만든 애플리케이션이다. 현대자동차그룹은 청각장애인을 위한 차량주행 지원시스템 기술을 기반으로 코엑터스와 함께 '조용한 택시 프로젝트'를 진행했으며, 유튜브를 통해 공개한 영상은 당시 무려 714만 회의 조회수를 달성했다.

〈하개월〉 영상의 조회수가 이렇게 폭발적이라
면 참 좋겠네, 부러워하며 댓글을 읽어나갔다. "기
술은 이런 데 써야 한다." "이런 게 진정한 사회 공
헌이죠." "광고를 넘어 정말 많은 의미를 담은 한
편의 영화 같네요." 광고의 의미를 칭찬하는 이런
긍정적인 댓글이 있는가 하면 그 반대도 물론 있
었다. "청각장애가 있는 사람들은 운전을 못하지."
"청각장애인이 운전하면 차 사고 나는 거 아님?"과
같은 듣지 못한다는 이유만으로 능력을 절하시키
는 모습에 화가 났다.

　현행법상 청각장애인은 보청기나 인공와우 같은
보조기기를 통해 55데시벨 이상의 소리를 들을 수
있는 경우 운전면허 취득이 가능하다. 운전을 할 수
있는 자격이 주어진다는 것이다. 청인 중에서도 운
전을 잘하는 베스트 드라이버가 있고 운전에 서툰
사람이 있는 것처럼, 농인, 청각장애인 또한 마찬가
지다. 다른 점이 하나도 없다. 거친 운전은 당연히
사고가 날 확률이 높듯, 이건 장애 여부와 상관 없

는 문제다. 장애와 비장애를 나누는 이분법적 사고로 인한 댓글이었고, 물론 악플로 넘기고 싶었으나 분노를 불러일으키는 것은 사실이었다.

KTV국민방송 〈정책나누기〉라는 프로그램에서 고요한 택시를 다룬 적이 있다. 청각장애인이 운전하는 택시, 안전에는 문제가 없을까? 사람들이 흔히 가지는 편견이자 의문을 해소하고자 했는데, 전문가의 말은 이랬다. "운전 시야라고 하죠? 청각장애인분들이 잘 듣지 못하기 때문에, 그 부분이 더 넓다고 합니다. 보통 시야각의 1.5배 정도 더 넓게 볼 수 있는 능력이 있습니다. 본인들의 장애 때문에 방어 운전을 하는 경우도 많기 때문에 오히려 비장애인보다 더 안전하게 운전을 하려는 경우도 있고요." 상당히 공감이 되는 내용이었다.

이와 관련된 연구로 캐나다 온타리오대학교의 스테판 롬버Stephen Lomber 박사가 진행한 연구가 있는데, 롬버 박사는 2010년 선천적인 청각장애가 있는 고양이와, 장애가 없는 고양이를 대상으로 빛에 어느만큼 민감하게 반응하는지를 비교하는 연구를 수행했다. 그 결과 청각장애를 지닌 고양이가 빛에 민감도가 큰 것이 밝혀졌고, 이는 뇌의 '보상작용' 으로 청각장애나 시각장애가 있는 사람이 없는 사람보다 장애가 없는 다른 부분에서 뛰어난 능력을 보이는 이유라고 한다. 즉, 청각장애를 지닌 사람들은 청각장애가 없는 사람보다 보이는 것에 민감하게 반응하기 때문에 장애가 있다는 것만으로 더 많은 위험에 노출되어 있다고 말할 수는 없다는 것이다.

한국에서 1995년 도로교통법이 개정되기 이전까지는 청각장애가 있는 사람들은 운전면허를 취득할 수 없었다. 하지만 1990년도 초부터 장애인의 운전권 보장 요구가 갈수록 거세지면서, 1995년 7월 1일부터 2종 보통면허 취득이 가능하도록 도로교통법이 개정되었다. 2종 보통 면허 취득 후

7년 동안 무사고를 유지하면 1종 보통 면허로 자동 전환되는데, 청각장애인은 면허 갱신 대상에서 제외됐다. 듣지 못하기 때문에 사고의 위험이 높을 것이라는 이유였는데, 그러다 2010년부터 7년 무사고 유지 후 1종 보통 면허를 취득할 수 있도록 제도가 개선되었다.

불과 25년 전에는 청각장애인이라는 이유만으로 운전면허를 취득할 수 없었다는 사실은 내게 충격으로 다가왔다. 그리고 이제야 정당한 대우를 받는다는 사실에 안도감도 들었다. 하지만 여전히 1종 대형 및 특수면허는 기회조차 주어지지 않는 것이 사실이고, 버스 기사를 꿈꾸는 농인, 청각장애인은 좌절할 수밖에 없다. 친하게 지내던 농인 중한 명이 자신의 꿈은 버스 기사라고 한 적이 있는데, '고요한 택시'를 이어 '고요한 버스'가 등장하는 날이 올까? 그때가 온다면 그 농인의 꿈이 비로소 이루어지는 날이 될 것이다.

어느 날은 한 농인, 청각장애인과 여행을 간 적

이 있었는데 휴게소에 잠깐 들리는 시간 외에는 하루 종일 운전을 하는 것을 보고 충격을 받은 적도 있다. 졸리진 않냐고 물으니 운전이 재미있다고 한다. 사고가 난 적은 단 한 번도 없었다면서 자랑스럽게 얘기하는 친구를 보니 이렇게 운전을 좋아하는 농인, 청각장애인도 있구나, 생각했다. 딴소리지만, 나는 아무리 좋아하는 것이라고 해도 하루 종일 한다고 생각하면 엉덩이에 쥐가 날 것 같은데………

청인들도 농인이 운전하는 차를 한번 타보면 분명 느끼게 될 것이다. 그리고 장애와 운전 실력을 연관시켜 악플을 달았던 바로 당신, 당신도 알게 될 것이다. 청각장애인이 운전하는 차이기 때문에 안전하지 못할 거라고 생각하는 것은 그저 고정관념일 뿐이라는 것을. 당신이 고요한 택시를 한번 타보았으면 한다.

마음의 거리는 0평처럼

스타벅스에서 수어로 주문하기

　스타벅스는 2016년부터 수어 매장을 오픈하기 시작했다. 말레이시아 쿠알라룸푸르를 필두로 말레이시아 페낭에 각각 세워졌으며, 미국 워싱턴 DC에 한 곳, 중국 광저우에 한 곳, 그리고 일본 도쿄에 한 곳을 오픈하여 총 5개의 수어 매장이 생겼다. 일본은 2020년 6월 27일에 세워졌는데, 수어 매장이 하나 더 늘었다는 것은 분명 축하할 일이지만 부러운 마음과 함께 어쩐지 분통한 마음이 들기도 한다.

한국의 상황은 어떨까? 한국 스타벅스는 농인, 청각장애인 직원을 고용해 매장에서 일자리를 제공하고 있다. 하지만 공식적인 수어 매장은 없는 실정이다.

농인인 '푸르미어'와 점심을 먹기로 한 날 어디를 들어가면 좋을지 한참 고민하다가 눈에 들어온 건 스타벅스 매장이었다. 그가 갑작스레 수어로 주문을 하고 싶다고 하길래 나는 뼛속까지 새겨진 유튜버 DNA를 활용해 즉시 촬영에 들어갔다. 수어로 주문하면 주문이 원활하게 될까? 푸르미어는 긴장이 역력한 표정이었는데, 그뿐만 아니라 지켜보는 나도 손이 덜덜 떨렸다. 막연하게 수어로 주문을 해보고 싶다는 염원이 나에게도 있었지만 실행에 옮겨본 적은 없는데, 푸르미어가 나의 꿈을 대신 실현하기 일보 직전이었던 것이다.

푸르미어가 수어로 주문을 하니 직원은 난처한 표정을 지었으나, 곧바로 메뉴판을 가져와 종이와

펜을 함께 건네줬다. 직원의 순발력에 감탄할 수밖에 없었다. 보통은 옆의 직원을 쳐다보면서 어떻게 응대해야 할지 난처한 표정을 짓거나, 자신도 메모장으로 답을 해야 하는지 우왕좌왕하는 경우가 많기 때문이다.

푸르미어는 본인이 농인이기 때문에 당연히 수어로 주문을 하고 싶었다고 한다. 지금까지는 음성언어로만 주문을 해왔고 직원 역시 음성언어로 답을 하곤 했는데, 그런 경우에는 보통 소통이 원활히 이루어지지 않았다. 종이에 글로 적어 주문을 할 때는 글로 답이 되돌아오겠지 기대했지만 예상과 달랐다. 알아들을 수 없는 음성언어가 소용돌이쳤다. 음성언어, 즉 말로 주문을 하는 데에는 한계가 있다는 것을 깨달았다. 특히 스타벅스 같은 곳은 더욱 그랬다. 음료의 종류뿐만 아니라 사이즈 또한 다양하고 심지어는 여러 가지 맛을 추가하고 조합할 수 있는 커스터마이징이 가능하기 때문에, 오죽하면 '스타벅스에서 주문하는 방법'과 같은 팁

이 인터넷에 올라올 정도였다.

　푸르미어는 바로 그 스타벅스에서, 수어로 주문하기를 해낸 것이다! 그는 성공을 맛본 후 스타벅스에 갈 때마다 수어로 주문을 했다. 예전 같으면 핸드폰이 필수품이었는데, 더 이상 주문을 할 때 핸드폰을 꺼낼 필요도 없었다. 수어로 주문을 하면 그들은 종이와 메뉴판을 함께 건넸고, 그때마다 벅차올랐다. 하지만 시간이 흐를수록 어쩐 일인지 점차 지쳐갔다. 수어로 주문을 하면 직원들이 당혹감을 느끼는 것은 1차였고, 그들이 어떻게 응대를 해야 할지 모르니 시간이 오래 걸리는 게 2차였다. 쭉 늘어선 손님들을 보면 절로 눈치가 보였기에 수어로 주문하는 것을 포기하고 핸드폰 메모장이나 종이에 필담을 하기로 결정했다.

　그러던 어느 날 푸르미어가 미국에 갔다. 워싱턴 DC에 위치한 스타벅스 사이닝 스토어^{signing store}에 방문했는데, 매장 간판에는 '스타벅스' 수어가

　　　　　　　　　마음의 거리는 0평처럼

있었고 문을 열자마자 진풍경이 펼쳐졌다. 농인 전용 스타벅스답게 매장 안의 대다수 사람들은 농인이었고, 그들은 수어로 열렬히 대화를 나누고 있었다. 직원 역시 농인이며, 수어로 주문을 도와준다고 했다. 수어를 모르는 청인이 방문할 경우에는 몸짓이나 필담을 사용한다. 한국에서 접해보지 못한, 강렬하고도 낯선 풍경이었다.

한국에서는 메뉴를 음성언어와 필담으로 주문하면 주문한 것과 다른 음료를 받기 십상이고, 의사소통이 원활히 되지 않았는데 이곳에서는 수어로 주문하면 내가 원했던 바로 그것을 받을 수 있었다. 대한민국 땅이 아닌 먼 나라 미국에서 마음 편히 주문할 수 있다니, 아이러니하지 아니한가. 서툰 미국 수어로 주문을 한 탓에 소통이 완벽하진 않았지만, 수어라는 농인의 언어로 주문을 한 것의 의미가 그보다 훨씬 컸다.

미국을 여행했던 또 다른 친구는 음료를 주문할 때 알려준 자신의 이름이 전광판에 떡하니 나와 무지하게 놀랐다고 한다. 음성으로 호명하는 것이 아니라 전광판에 이름이 보이니 직원의 목소리에 계속 집중하고 있을 필요가 없었다며. 이런 얘기를 전해 듣는 것만으로도 한국에서 음성언어와 필담으로 주문했던 시간들을 얼마간 잊을 수 있었다.

한국에서도 수어 스타벅스 매장이 생긴다면 얼마나 좋을까? 그곳의 다른 이름은 농인들의 천국이 될 것이다. 나는 세계 6번째 수어 스타벅스 매장이 한국에서 오픈되길 간절히 기다리고 있다.

마음의 거리는 0평처럼

2023년 세계농아청년회
정기총회 현장

2019년 7월, 프랑스 파리에서 세계농아인연맹
(WFD, World Federation of the Deaf) 행사가 열
렸다. 세계농아인연맹은 농인의 권리 보장 및 진흥
을 위해 1951년 이탈리아 로마에서 만들어진 단체
로, 4년마다 새 임원을 선출하는 총회 및 컨퍼런스
를 연다.

파리에서 세계농아인연맹 총회가 진행되는 날 세
계농아청년회(WFDYS, World Federation of the
Deaf Youth Section)의 총회 또한 열렸다. 세계농

아청년회는 세계농아인연맹의 산하기관으로, 세계
농아인연맹이 남녀노소 모든 농인들의 권리를 위
해 활동한다면 세계농아청년회는 농청년의 권리에
집중한다.

세계농아인연맹과 세계농아청년회의 행사 및
이사회는 따로 이루어지지만, 기존 임원의 임기를
마무리하고 새 임원을 선출하는 총회는 늘 한자리
에서 함께 개최한다. 두 총회는 같은 날, 같은 시간
에 1박 2일 동안 진행되었고 참관하고 싶은 사람
들은 자유롭게 각 세션을 오갈 수 있었다. 나는 세
계농아청년회의 총회에 집중하고 싶어 세계농아인
연맹은 총회가 끝난 후에 열리는 컨퍼런스에 참석
하기로 했다.

사실 몇 년 전에 세계농아청년캠프 참가 지원
을 했으나 탈락의 고배를 마셨던 지라 세계농아청
년회는 늘 먼 존재인 것만 같았다. 비록 캠프가 아
니라 총회지만, 이제야 발을 들이게 되는 순간이었
다. 그리고 파리하면 낭만의 도시가 아닌가. 그 도

마음의 거리는 0평처럼

시에서 세계 각국에서 온 농 청년들을 만난다는 기대가 컸고, 혹시나 이곳에서 평생을 함께할 상대를 만날 수 있지 않을까…… 하는 설렘 또한 있었다.

총회는 공개적으로 진행되기 때문에 누구나 참관할 수 있었는데, 대표자는 나라별로 2명을 선발했고 대표자와 참관자의 구분을 명확히 해서 진행에 어려움이 없게 했다. 첫날은 각 나라의 대표자들이 4년간의 활동 보고, 예산 보고 및 운영 규정 일부 개정안에 대해 토론하고 결정을 내리는 식으로 총회가 진행됐다. 세계농아청년회의 임원들이 교대하면서 국제수화로 통역을 하는 것은 물론이었다.

현장에서 정말 마음에 들었던 것은 바로 프로젝터였다. 프로젝터가 왜 마음에 드는지 읽는 분들은 의아하실 텐데, 당시 그곳에는 프로젝터가 2개 있었다. 하나는 발표에 사용하는 용이었고, 다른 하나는 뒤에 있는 사람들이 단상 위에서 수어를 하는 있는 사람을 잘 볼 수 있도록 단상 위의 사람들을 촬영하여 송출하는 용이었다. 단상 위의 사람이 수어를 할 때 동시에 떠워지는 촬영 영상은 실제로 눈앞에 있는 듯 선명했다.

둘째 날은 운영개정안의 통과 여부를 결정하고 세계농유소년캠프, 세계농청소년캠프를 개최할 나라와 새 임원을 뽑는 날이었다. 결과는 우루과이와 인도에서의 유치 확정이었다. 이 모든 과정을 거치고 나면 4년간 많은 수고를 한 세계농아청년회 임원들의 마지막 인사로 마무리된다. 그리고 곧바로 새롭게 활동할 임원의 선거가 진행된다. 회장, 부회장, 총무, 이사에 지원할 수 있고, 이사는 최대 4명까지 구성되는데 투표 결과에 따라서는 두세 명만 선출될 수도 있다. 특이한 점은 여러 자리에 동시에 지원할 수 있다는 것인데 만약 회장, 부회장, 총무 자리에 동시에 지원했다면 회장 당선 시 부회장, 총무 후보에서는 바로 제외된다.

당시 정기총회에서는 1~2개월 전에 후보 신청이 마감됐지만 선거 당일에 후보자를 더 받자는 제

마음의 거리는 0평처럼

안이 나오기도 했다. 대표자들의 과반수 이상이 동의하면서 선거 날 오전 9시까지 후보 신청을 받았고, 최종 임원 후보자는 10명으로 늘어났다. 투표용지는 각 나라별로 1장씩 주기 때문에 각 나라의 대표자들끼리 상의한 후 투표를 했다. 후보자와 현 임원들의 국적이 겹칠 경우 그 임원은 중립을 지켰다. 당시 투표를 진행했던 사회자 임원은 후보와 국적이 겹치지 않았다. 만약 후보 중 한 명이라도 국적이 겹치는 경우가 있다면 외부에서 사회자를 섭외하는 듯했다. 투표용지를 걷는 자원봉사자 3명 중 2명은 아시아농아청년회 임원이었다.

2019년부터 회장 자리를 맡을 사람은 바로 이전 회장이었다. 연임하게 된 것이다. 이는 곧 지난 4년만으로도 모자라 앞으로 4년 더, 총 8년간 무보수로 전 세계를 돌아다니면서 여러 회의와 행사에 참석해야 한다는 말이었다. 정말 대단하다 싶었다. 얼마나 능력과 리더십이 있는 사람이기에 각 나라의 대표자들이 다시 한번 그를 택했을까? 최다득

표수였던 데다 공약 발표 시 열정이 넘치는 걸 느낄 수 있었기에, 어렴풋하게 알 수 있었다.

이어서는 낮은 득표수부터 결과가 발표되었고, 당선과 낙선에 관계없이 서로 존중하는 모습은 내게 큰 감명을 주었다. 존중이 몸에 배어 있는 농 청년들의 모습을 직접 눈으로 보았기 때문에 앞으로 세계적인 농 사회가 더 기대되는지도 모르겠다.

무엇보다 가장 감명 깊었던 순간이 있다. 선거가 진행되던 중 옆방에서 열린 세계농아인연맹 총회에서 4년 후 세계농아인연맹 총회 및 세계농아청년회 청년캠프를 유치할 나라가 결정되었다는 것이다. 바로 우리나라, 제주도에서! 우리나라에서 열리는 총회라니, 기대가 되는 것은 물론이다.
(그리고 나는, 과연 파리에서 평생 함께할 운명의 상대를 만났을까?)

세계 수어의 날
—모두를 위한 수어 권리

2018년, UN은 9월 23일을 세계 수어의 날로 지정한 후 2019년 제2회 수어의 날에 "모두를 위한 수어 권리(Sign Language Rights for All)"라는 슬로건을 내걸었다. 그렇다면 '모두를 위한다'는 슬로건, 한국에서는 제대로 지켜지고 있는가?

청각장애인, 언어장애인의 통신서비스 이용을 지원하는 손말이음센터는 컴퓨터와 모바일로 서비스를 이용할 수 있다. 문자 중계와 영상 중계가 있는데 필요에 따라 이용하면 된다. 가입도 용이한 편이어서 누구나 이용할 수 있다는 점, 연중무휴 24시간 운영하기 때문에 언제나 통역 요청을 할 수 있다는 점이 큰 장점이다. 인력 부족으로 인해 한 번에 연결이 되지 않고 수차례 기다려야 한다는 점은 아쉽지만, 나도 자주 이용하고 있다. 특히나 밤에 야식을 시킬 때. 부모님 몰래 음식을 주문한 후 문 앞에 조용히 놔달라고 하면 된다.

현재 내가 살고 있는 서울특별시는 각 구에 수어통역센터를 하나씩 두고 있어 총 25개의 수어통역센터가 운영되고 있으며, 이 외에도 전국구에 수많은 센터가 있다. 하지만 아직은 부족하다는 생각이 든다. 생활 전반을 지원하는 수어통역은 제공되지 않아서일까? 나는 고등학교를 다닐 때까지 수어통역을 지원받지 못했고 대학교에 입학하고 나서야 그런 서비스가 있다는 사실을 알았다. 게다가 여전히 국내의 취업 시장은 수어통역을 정당한 편의라고 생각하지 못하기도 한다. 나 또한 면접을 보기로 한 회사에 수어통역이 가능한지 물었더니 "일반 대화는 불가능하냐", "안타깝지만 수어 통역은 제공하기 힘들다"는 문자를 받기 일쑤였다.

이 많은 난관을 뚫고 취직을 한다 하더라도 곧바로 다른 난관이 닥쳐온다. 특히 회의. 수어통역사를 부르면 회의 내용을 외부에 유출할 위험이 있다는 이유로 거절당하기도 하고, 다른 직원이 회의록을 작성한다고 해도 누락되는 부분이 상당하기 때문에 요약본으로 만족을 해야 하기도 한다.

사실 나의 인생 설계도에는 '수어로 소통하기'라는 항목이 없었다. 수어는 그런 내게 불현듯 다가왔다. 나는 많은 날 나의 언어를 찾아 헤맸고, 나는 누구일까 끊임없이 방황했다. 그러다 수어와 농인을 만난 후 나, 김하정과 마주할 수 있었다. 나는 농인이었고 수어로 대화를 하는 사람이었다. 그제서야 구멍에 단추를 잘못 끼운 채로 살아왔구나 하는 생각이 들었다.

수어를 모른 채 살아온 날들이 더 많았기에 더 빨리 흡수하고 싶어 매일같이 농인과 수다를 떨었으며, 여행을 가기도 했다. 수어를 못하는 나를 답답해하고 무시하는 농인들도 있었으나 수어에 관해 끊임없이, 또 끈질기게 질문한 결과 의사소통 정도는 할 수 있게 되었다. 서울수어전문교육원에서 수어를 배우기도 했는데, 아직도 나아갈 길이 까마득하다. 그래서 나는 지금도 수어를 배우는 중이다.

나의 수어 배우기 프로젝트에 동참하신 분이 있다. 바로 지금 다니는 회사의 대표님이다. 2달 전 새로 오신 대표님은 농인 직원과의 원활한 의사소통을 위해 본인이 수어를 배우겠다고 하셨다. 오죽하면 아침 조회가 끝난 후 구호를 수어로 파(할 수 있다)! 파! 파! 외치며 하루를 시작할 정도다.

모든 하루 일과에서 수어통역을 받을 수 있을 정도로 급진적인 변화가 일어나기 힘들다는 것을 스스로도 알고 있다. 하지만 농인과 수어를 바라보

마음의 거리는 0평처럼

는 사회적인 인식이 재고되고, 농인의 생존과 관계
된 필수적인 것만이라도 지원받는 세상이 왔으면
한다. 더 이상 수어의 권리를 외치지 않는 날, 그날
이 바로 유토피아가 열리는 날일 것이다.

한국 드라마는
한국 농인에게 자비로운가?

어디서나 본방사수! 드라마 애청자인 농인 청년 여니와 핑크토끼의 한국 드라마 이야기. 한국 농인 배우들이 텔레비전에 나오는 모습이 자연스러워질 그날을 기대하며 이야기를 나눴다.

여니: 농인 역할을 맡은 배우가 수어를 하는 모습이 가끔 나올 때도 있잖아요. 보면 느낌이 어때요?

핑크토끼: 요즘에는 없는데, 이전에 본 드라마 중에 병원이 배경이거나 장르가 로맨스코미디인 경우 농인 역할을 하는 청인 배우들이 많았어요. 당시에는 드라마를 보면서 '오! 농인 역할을 해내려고 많이 노력했구나' 했는데 수어를 배우고 나서 보니 억지스러운 느낌이 있더라고요. 차라리 청인이 농인 역할을 하는 것 말고 농인이 농인의 역할을 맡아 연기를 하면 내용상으로도 느낌이나 맥락, 재미를 살릴 수 있을 것 같은데 왜 농인 배우가 연기를 안 하는지 궁금해요.

여니: 생각해보면 농인 배우가 안 하는 이유가 있을 것 같아요. 의사소통 문제가 크겠죠. 예를 들어, 연기자들 중 청인이 대다수인데 농인이 청인들 속에서 의사소통이 원활해야 연기를 할 때 문제가 없어요. 연기란 것이 서로간 호흡을 맞추는 것이 중요한데 의사소통이 잘 안 되면 어떻게 연기 호흡을 맞출 수 있을까요? 미리 만나서 맞춰볼 수도 있지만 시간도 꽤 많이 걸릴 거고요. 청인들 입장에서도 서로 불편할 거 같아요. 그래서 농인 입장으로서는 어려울 거 같단 생각이 들어요. 대신 연기를 하고 싶어 하는 농인 배

우들이 모여 서로 호흡을 잘 맞춰 드라마를 만드는 편이 더 빠를 것 같아요. 왜냐면 서로 수어를 사용하니까 호흡을 맞춰 표현할 수 있지요.

핑크토끼: 농인과 청인 간의 대화 문제는 수어통역사를 부르면 되지 않아요?

여니: 그럴 수도 있지만 문제는 한국수어 통역지원이 많이 부족한 상황이에요. 많은 지원이 가능하다면 하루 종일 붙어 다니는 게 가능하고 또 거기서 다른 가능성이 생기겠죠. 그런데 제가 볼 땐…… 하루 종일은 아무래도 힘들지 않나 싶어요.

핑크토끼: 맞아요. 아시아, 미국, 유럽 드라마를 보고 비교되는 점이 아시아는 실제 장애인이 다양한 장애인 역할을 맡기엔 지원이나 배려가 많이 부족해 보여요. 미국을 보면 장애인 지원이 굉장히 잘되어 있어요. 영화든 드라마든 그중에 실제로 농인 배우들이 생각보다 많아요. 청인 사이에 들어가도 호흡이 능숙하게 잘 맞더라고요. 그런 걸 보면서 어떻게 호흡이 잘 맞지? 싶었어요. 그것뿐만 아니라 농인 배우들이 청인 배우들과 함께 사진을 찍고 SNS에 공유하는 걸 보면서 정말 좋다고 느꼈어요. 한국은 아직 안타까운 실정이에요.

제19대 대통령 선거
수어(수화) 투표 안내문

　나의 서른 살, 제19대 대통령 선거가 있었다. 나
의 이십 대는 가버렸지만 삼십 대만큼은 청춘이 만
발하길 바랐고, 그래서 이 선거는 내게 정말 커다
란 의미였다.

　선거 전 대통령 후보 토론회에는 자막과 수어
통역이 제공됐다. 처음에는 한 명의 통역사가 2~3
시간을 계속 통역하는 방식이었는데, 장애인 단체
의 문제 제기로 통역사들이 한 시간마다 교대하며
통역하는 것으로 변경되었다. 하지만 수어통역사

한 사람이 여러 후보자들이 말하는 내용을 통역했기 때문에 누가 무슨 말을 하고 있는지 완벽히 이해할 수가 없었다. 후보자 한 명당 통역사 한 명을 붙이는 건 어려운 일이었을까? 분명 중요한 선거인데 이런 면에서 아쉬움이 존재했다.

나 역시 청각장애인통역사로서의 경험이 있다. 이따금씩 회사 안에서나 농인과 다닐 때 본의 아니게 통역을 하게 되는 경우가 있는데, 청인들이 동시다발적으로 말을 하거나 이야기를 하는 시간이 길어지면 피로감이 심해졌다. 계속해서 수어를 하느라 팔이 아픈 것은 물론이었다. 그제야 수어통역사들의 고충을 알게 됐고 어느 행사에 참석했을 때 행사 담당자에게 수어통역사는 30분마다 꼭 교대해달라고 말을 덧붙이곤 한다.

그렇다면 선거 공보물 및 투표 안내문은 어떨까? 나는 이미 마음속으로 정해둔 후보가 있었지만, 그래도 한번 확인은 해보자 싶어 집에 우편으

마음의 거리는 0평처럼

로 도착한 공보물을 뜯어보았다. 거기엔 QR코드가 그려져 있었는데, 휴대폰으로 코드를 찍어보니 '대통령 선거 수어(수화) 투표 안내문'이 수어, 자막과 함께 나타났다. 그간 조그맣게 적힌 '수어(수화) 투표 안내문'이라는 글자를 보지 못하고 넘어가기 일쑤여서 이렇게 보게 된 것은 처음이었다.

2017년 5월 9일 선거 당일, 나는 첫 번째로 투표하겠다면서 고양이 세수를 한 후 투표소로 달려갔다. 이미 많은 사람들이 줄지어 서 있었기에 첫 번째 순서는 뺏겼다는 것을 단박에 알았으나 그래도 나의 소중한 권리, 한 표를 행사한다는 것에 의의가 있었다.

스무 살 이후부터 투표는 빼놓지 않고 해왔기에 순서는 익히 알고 있었으나 그래도 실수할까 싶어 긴장이 됐다. 투표소를 둘러보는데 그날도 역시 수어통역사는 없었다. 시·도 선관위별로 수어통역사를 투표 당일 일부 투표소에 배치하여 투표 과정을 수어로 전달받을 수 있지만, 내가 사는 구에는 없었다.

나는 신분증을 보여준 후 내 이름을 찾아 서명하고, 투표용지를 받아 기표소에 들어갔다. 들어가기 전 어느 기표소를 택할지조차 고민이 되었다. 그렇게 고심하여 선택한 기표소에 들어가 투표 종이에 나열된 후보자들의 이름을 천천히 살펴보았다. 나의 한 표에 나라의 운명이 달려 있다고 생각하니 책임이 막중하게 느껴졌다. 혹시나 무효표가 될까 인주가 마르기를 기다렸다가 세로로 접고, 투표함에 넣으니 투표 완료!

사전선거 개표 방송이 시작되면서 나는 부랴부랴 핸드폰을 집어 들고 배달 애플리케이션을 실행했다. 치킨을 주문했더니 나와 같은 사람들이 많았는지 장장 1시간 30분을 기다려야 한다는 알림이 왔다. 언젠가부터 선거 날은 축제처럼 맛있는 음식이 빠지면 섭섭해졌다. 그러나 정작 음식보다 더 중요한 것이 빠져 있었다.

　　　　　　　　　　　마음의 거리는 0평처럼

바로 수어통역. 개표 방송엔 수어통역이 제공되지 않았다. 우리나라의 개표 방송은 날이 갈수록 사람들의 이목을 끄는 화려한 컴퓨터그래픽으로 국내뿐만 아니라 해외에서도 이슈가 되어 폭발적인 반응을 일으켰는데, 시각적인 부분에 더 집중을 할 수 있도록 만든 것은 사실이나 농인, 청각장애인의 참정권 침해라는 것은 명백하다.

나는 결국 중앙선거관리위원회의 유튜브 채널에서 실시간 스트리밍 수어통역 방송을 통해 개표 상황을 지켜봤다. 청인이라면 텔레비전 한 대를 통해 알 수 있는 정보인데, 나는 그로서는 부족했기 때문에 한 대의 전자기기가 더 필요했던 셈이다. 이러한 부분은 결코 사소하지 않다는 것, 농인의 참정권 침해로 이어진다는 것을 다른 사람들은 알고 있을까? 다음 대통령 선거에서는 텔레비전 한 대로 괜찮을까? 그러길 바란다.

농인, 청각장애인도
'당연히' 콘서트를 즐길 수 있다.

　민선이는 SNS상에서 "농인도 공연을 즐길 권리
가 있다"고 외친 농청년이다. 나도 일상생활이 불
가능할 정도로 아이돌에게 깊게 빠진 경험이 있어
민선이가 하는 얘기에 공감이 갔는데, 민선이가 농
인, 청각장애인의 공연 관람 권리를 외치기까지에
는 이런 일이 있었다고 한다.

　민선이는 그룹 '여자친구'의 팬이었고, 살면서 한
번쯤은 여자친구 콘서트에 가보고 싶어 광클 끝에
티켓을 따냈다. 콘서트에 수어통역사가 배치될까?

나는 민선이에게 물었고 돌아오는 대답 또한 나와 다르지 않았다. 자신도 당연히 콘서트 현장에 수어통역사는 배치되지 않을 것으로 예상한다고. '당연히'라는 단어가 가슴 한구석에 콕 박히는 것 같았다. 내가 좋아했던 어떤 가수의 콘서트에 참석할 때마다 수어통역사를 단 한 번도 보지 못했던 20년 전이나 지금이나 달라진 것이 없구나, 하는 생각이 들었다.

이대로 아무것도 하지 않는다면 10년 후에도 변하는 것은 없겠지. 그 '당연한' 상황을 어떻게든 바꿔보고자 구매처에 전화를 했다. 그나마 손말이음센터를 통해서야 가능했던 전화였고, 이조차 수차례 연결되지 않았다. 연결이 됐을 때는 콘서트 날로부터 불과 3일 전이었다.

구매처에 요청한 내용은 이러했다. 좋아하는 가수의 콘서트를 예매했는데, 청각장애가 있어 콘서트를 온전히 즐기지 못할 것으로 예상된다고. 하지만 수어통역사를 배치해주면 나도 함께 즐길 수 있을 것 같다고. 그것이 가능한지를 물었다. 그러나 어찌할 방법이 없다는 대답만이 돌아왔다. 그렇다면 수어통역사를 자체적으로 대동할 테니 그 자리를 만들어줄 수 있겠냐고 물었지만 단칼에 거절당했다. 고민을 하는 척이라도 하기가 힘들었던 걸까? 만약 청인 고객이었다면 응대를 이렇게 불친절하게 할 수 있었을까…… 마음이 씁쓸했다.

민선이는 더 이상 참을 수 없다고 했고, 곧 부당하게 당한 대우를 상세하게 정리한 진정서를 국가인권위원회에 제출했다. 민선이의 팬질 역사는 유구했는데, 이건 곧 부당함을 참아온 역사이기도 했다.

팬미팅 때에는 수어통역을 요청하지 않고 그저 가수의 얼굴만 보고 돌아왔지만, 이때까지만 해도 참을 수 있었다. 좋아하는 사람이기에 얼굴만 봐도 좋았기 때문이다. 노래를 부를 때도, 여기까지는 괜찮았다. 이미 가사를 꿰고 있기 때문에 어느 정도 함께 따라갈 수 있었기 때문이다. 하지만 게임이나 토크쇼 등 음성언어로 진행되는 오락의 경우

마음의 거리는 0평처럼

에는 함께하기가 힘들었다. 이후 콘서트에 수어통역을 지원해달라고 건의했으나 그런 지원 서비스는 없다는 답을 들었고, 지체장애인은 휠체어석으로 안내해줄 수는 있지만 청각장애인은 좌석을 준비해줄 수 없다고 했다.

이미 수많은 거절을 당해왔고, 그 역사를 따져봤을 때 이건 큰일이라고 할 수는 없었지만 예매처의 고민 없는 응대 태도는 모욕적이었다. 국가인권위원회와는 문자로 소통을 했는데 어떤 대우를 받았는지, 그 과정은 어떠했는지, 무슨 피해를 입었는지, 그 사람에게 어떤 사과와 보상을 받고 싶은지 이야기를 나누었고 마지막 단계에서는 합의와 고소 두 갈래의 길 앞에서 고심해야 했다.

민선이가 가장 바랐던 건 합의나 고소가 아니라 진정한 사과였다. 그 마음이 통했는지 예매처의 책임자는 그런 일이 재발하지 않도록 약속하겠다며 직접 사과를 전해 왔다. 국가인권위원회로부터는 공연 주최 측과 소속사 측에 농인, 청각장애인이

통역을 요청할 시를 대비해 공문을 보내겠다는 말을 들었다.

　이 모든 과정이 글로는 고작 몇 장이지만 사실상 걸린 기간은 총 3개월이었다. 예매에 성공하고, 값을 지불하고, 콘서트에 입장하고, 즐긴다. 콘서트를 관람하는 과정은 이렇게나 간결한데, 왜 우리는 입장하기 전부터 더 많은 것들을 해결해야 할까? 통신중계서비스를 이용해서 예매처에 전화를 해야 했고, 정당한 요구가 받아들여지지 않아 그다음, 그리고 또 그다음과 그다음 수많은 단계를 거쳐야 했다. 그래도 주저하지 않고 부당함을 알리고자 하는 결심은 모든 농인, 청각장애인을 더욱 편리하게 한다. 이 글을 읽고 있는 그대! 그대 또한 주저하지 않았으면 좋겠다.

　그리고 정말 나아진 것이 있었다. 쇼케이스에서 통역지원을 요청했는데 수렴이 됐다는 것이다. 게다가 의외였던 점은 자신 혼자 농인이었는데 수어통역사가 2명이었다고 한다. 처음에는 살짝 부담이 되었는데 사회자 1명, 여자친구 멤버 6명, 총 7명이기에 파트를 분배했고 놓치는 것 없이 통역하고자 2명이 온 것이었다. 다만 아쉬웠던 점은 민선이가 무대와 가까운 스탠딩석을 예약했지만 수어통역사를 배치하면서 장애인석으로 자리를 교체해야 했다고. 2층으로 좌석을 옮기니 멤버들이 개미만 하게 보였는데, 숙련된 예매 실력으로 좋은 자리를 잡았음에도 그 자리에서 수어통역을 받을 수 없다는 말에 좌절했다고 한다. 하지만 역시 민선이는 민선이, 다시 콘서트에 갈 때 수어통역을 스탠딩석에서 받을 수 없는지 주저하지 않고 물어보겠다고 했다.

그리고 민선이에게 연락을 받은 건 인터뷰 영상을 〈하개월〉 채널에 업로드한 후였다. 결과부터 말하자면, 민선이는 또 한 번 개선해냈다. 스탠딩석은 수어통역사가 설 자리가 없어 불편이 예상되기 때문에 일반 좌석 내의 장애인 구역을 제공한다는 말을 들었다고 한다. 게다가 장애인석이 1층으로 옮겨져, 가까이에서 보기에 모자람이 없었다고!

　콘서트는 청인만이 즐길 수 있는 게 아니다. 청인들뿐만 아니라 농인, 청각장애인들도 수어통역사가 배치되지 않는 것을 당연한 일이라고 생각하지 않았으면 좋겠다. 그건 곧 우리의 문화향유권을 '당연히' 빼앗겨도 되는 것으로 만드는 일과도 같다. 하지만 우리는 동등한 권리를 '당연히' 가져야 하고, 앞에서 말했듯 주저하지 않는다면 세상은 '당연히' 변할 것이다.

　　　　　　　　　　마음의 거리는 0평처럼

재난 상황에서의
당연한 권리 찾기 프로젝트

2020년을 대표하는 키워드 중 하나는 '코로나
바이러스감염증-19'일 것이다. 이제 우리는 실생
활에서도 밀접하게 코로나바이러스감염증-19 예
방행동수칙 포스터나 관련 안내방송을 쉽게 마주
할 수 있는데, 한 가지 아쉬운 점이 있었다.

질병관리본부는 코로나바이러스감염증-19 예
방행동수칙 포스터를 총 15개 언어로 배포했다. 한
국어, 영어, 중국어, 일본어, 네팔어, 러시아어, 몽
골어, 미얀마어, 방글라데시어, 베트남어, 스리랑

카어, 우즈베키스탄어, 인도네시아어, 캄보디아어, 태국어. 뿐만 아니라 예방 행동 수칙 문서 또한 7개 언어 번역본으로 제공했다. 우리나라에 살고 있는 다양한 언어사용자들을 세심하게 배려하고 있다는 것이 느껴졌다.

그러나 한국에서 살아가는 농인, 청각장애인을 위한 수어 영상은 다국어 번역본보다 2~3일 늦게 업로드되었는데, 누군가에겐 짧은 시간일 수도 있지만 나는 그 잠깐 사이에 많은 생각이 들었다. 한국수화언어법은 대한민국에서 수어는 제2의 외국어가 아닌, 국어와 동등한 자격을 지닌 농인의 고유한 언어임을 말하고 있다. 하지만 정말 그렇게 취급당하고 있는가? 그랬다면 한국어 포스터가 배포될 때 수어 영상이 함께 게시되어야 했던 것이 아닐까. 지금은 유튜브와 페이스북 등 각종 SNS에 각 단체가 재량껏 수어 영상을 만들어 배포하지만, 각 부처 차원에서 진정 '모두'를 위한 안내문과 안내 영상을 제공하는데 힘썼으면 한다.

마음의 거리는 0평처럼

재난과 관련된 상황에서 농인, 청각장애인은 우선적으로 열외당할 때가 많다. 지금 당장 무슨 상황인지 알 수 없다는 점이 제일 크다. 2019년 강원도에서 큰 산불이 났을 때의 특보를 기억하는 사람이 있는가? 각 방송사는 시시각각 강원도의 상황을 긴급하게 전달했지만, 그 어디에도 수어통역이 제공되지 않았다. 인적·물적 피해가 막심했던 재난방송에 단 한 명의 수어통역사도 볼 수가 없다니. 게다가 당시 속초농아인교회가 전소되기도 했다. 특보에서 수어통역을 볼 수 있었다면 상황은 어떻게 됐을까? 그 결과는 알 수 없지만, 조금이라도 나아지지 않았을까?

이후 '장애의 벽을 허무는 사람들'이라는 단체의 주도 하에 국가위원회에 수어통역 요구 진정을 넣었다. KBS는 방송의 날을 맞아 농인, 청각장애인의 방송접근권 보장을 위해 저녁 9시 뉴스에 수어통역을 제공하기 시작했고, 이에 다른 방송사들도 준비하겠다는 답을 받았다. 언젠가는 텔레비전에서 24시간 수어통역을 볼 수 있겠지?

또 이런 일도 있었다. 지하철에서 안내방송이 나오는데 무슨 말을 하는지 이해할 수가 없는 것이다. 결국 나는 직접 녹음을 한 후 친구에게 보냈고, 친구가 해당 내용을 메시지로 적어 보내주었다. 알고 보니 코로나바이러스감염증-19와 관련된 내용이었다. 한국어, 영어, 중국어순이었는데, 이런 중요한 내용이 흘러나오고 있을 거라고는 예상하지 못했던 바여서 당황스러웠다. 지하철 스크린에 수어로 된 안내방송이 나온다면 어떨까? 그건 불가능한 일일까? 그 답을 구하는 데는 많은 사람의 도움과 힘이 필요하다.

이 외에 가장 나를 난감하게 하는 것은 바로 마스크다. 마스크는 이제 한 몸처럼 떼려야 뗄 수 없는 생활필수품이 되었는데, 마스크에 입이 가려져 입 모양이 보이지가 않아 구화를 할 수가 없었다. 마스크를 벗어달라고 요청하기도 힘든 상황이다.

마음의 거리는 0평처럼

친구들과 대화하기도, 물건을 사기도 번거로웠다. 핸드폰으로 필담을 해서 보여주면 음성언어로 되돌아오기 일쑤였고, 입 모양을 볼 수 없어 무슨 말을 하는지 모르겠다는 말을 하면 상대방들은 의아해했다. 투명한 재질을 사용해 입 부분이 밖에서도 보이는 립뷰$^{lip\ view}$ 마스크가 출시된 이후로는 이 마스크를 쓴 상대방이 무슨 말인지 유추할 수는 있게됐다. 한겨울에 뜨거운 우동을 후후 불면 안경에 김이 서리는 것처럼, 립뷰 마스크에도 입김이 서려 웃기긴 하지만…….

하지만 이런 재난 상황에서도 긍정적인 측면이 있다. 정부에서 코로나바이러스감염증-19 정례 브리핑을 진행할 때 수어통역사가 옆에 서서 통역을 하는데, 기존 뉴스에서 봐왔던 수어통역과는 달랐다. 여러분들도 텔레비전 화면 우측 하단에서 작은 동그라미 안의 수어통역사를 보신 적이 한 번쯤은 있을 것이다. 이건 마치 청인들이 들릴락 말락 한 정도의 볼륨으로 영상을 틀어놓은 것과 비슷하다. 무슨 소리가 들리기는 들리는데, 잘 들리지는 않아 답답한 느낌. 그간 농인이 방송으로 제공받던 수어통역의 정도가 그 정도였다. 수어통역사가 통역을 하고 있지만 화면에서 차지하는 비중이 너무 작은 나머지 무슨 내용인지 파악하려면 거리를 좁히는 수밖에 없었다.

하지만 코로나바이러스감염증-19 브리핑에서는 브리핑하는 사람과 수어통역사가 나란히 텔레비전에 나온다. 이렇게나 크게 수어통역사를 보다니! 기가 막혔다. 역시 나쁜 일이 있으면, 그 안에서 좋은 일이 있는 법. 이 변화는 긍정적으로 유지하되, 재난과 관련된 특보는 그만 보았으면 하는 마음이다.

어디에나 있고 어디에나 없다

　우리는 하루에 농인, 청각장애인을 얼마나 만날까? 하루에 한 번도 보지 못하는 날이 많다고 생각할 수도 있다. 하지만 농인, 청각장애인은 언제 어디서나 바로 우리 옆에 있을 수 있다. 만약 농인이 수어를 하고 있다면 그가 농인임을 금방 알 수 있지만, 혼자 있거나 수어를 하지 않을 때는 잘 모를 수 있다. 수어를 하지 않으면 농인인지, 청인인지 구분할 수가 없다는 소리다.

　어쩌면 당신은 하루를 보내는 중간중간 농인,

청각장애인을 이미 만났을 수도 있다. 그저 몰랐을 뿐. 우리는 지하철, 버스, 택시, 오토바이, 비행기, 자동차, 킥보드, 자전거, 어떤 것이든 탈 수 있다. 언제나, 어디든 돌아다닐 수 있다. 모든 곳에는 농인이 있으며, 어쩌면 정말로 당신이 알지 못하는 사이에 스며들었을 수도 있다.

만약 어디서나 수어를 사용하는 곳이 있다면 어떨까? 인도네시아 발리섬 북부의 벵칼라 마을이 그렇다. 벵칼라의 현재 인구는 3천여 명 남짓인데, 그중 44명이 청각장애인이라고 한다. 하지만 마을 주민들의 80퍼센트가 '카타 쿨룩^{kata kolok}'이라는 수어로 대화를 한다. 수어 교육은 학교에 입학하는 나이인 6살 때부터 받는다. 나만 해도 14살이 되어서야 클럽 활동으로 수화 노래를 배우면서 수어를 접했는데, 벵칼라 마을에서는 무려 6살 때부터 수어를 자연스럽게 습득하고 또 수어로 소통하다니! 지역의 학교장은 청각장애인 아동들이 소외감을 느끼지 않도록 청인과 한 교실에서 가르친다며 장애의 유무와 상관없이 모두가 자연스럽게 친구가 될 수 있다고 말한다.

하지만 주민들이 모두 수어를 할 수 있는 마을답게, 이런 마음가짐을 학교장만 가지고 있는 것은 아니다. 마을 주민들은 대체로 청각장애인에 대해 열린 마음을 가지고 있다. 수어를 관광 상품으로 삼아 '수화 춤'을 선보이기도 한다. 마을 주민뿐만 아니라 관광객까지 수어에 한껏 가까워지는 순간이다. 이게 바로 농인과 청인의 공존을 보여주는 모범 사례가 아닐까?

우리나라 인구 중 청각장애인의 수는 약 37만 명이다. 이들이 사는 곳의 주민들이 수어를 배우려 할까? 또 수어를 필수적으로 가르칠 학교는 있을까? 우리나라의 농아인협회나 수어교육원에서 수어를 가르치고는 있지만 이는 소수에 지나지 않는다. 수어가 의무가 된다면 세상은 어떻게 변할까?

이따금 주변 농인, 청각장애인 친구들과 이런 이야기를 할 때가 있다. 우리가 흔히 접하는 카페나 식당, 은행, 병원이든 어디든 농인, 청각장애임을 설명하지 않아도 된다면 어떨까. 영화를 보러 갈 때 "농인, 청각장애인이 나오는 영화래"가 아닌 "좋은 무성영화가 나왔다던데 그거 보러 갈래?"라는 말을 들을 수 있을까.

　　　　　　　　마음의 거리는 0평처럼

농인이 3명뿐인 결혼식엔
특별한 것이 있다

대학 시절 만났던 청인 친구가 특별한 결혼식을 올렸다. 수많은 하객들 중 농인은 3명뿐이지만, 그들이 소외감을 느끼지 않길 바라며 베리어프리 결혼식을 기획했다. 친구의 배려에 감사하고 또 축하하는 마음으로 인터뷰를 진행했다.

리라: 안녕하세요. 저는 하개월의 친구 정리라입니다. 만나서 반갑습니다. 저는 2019년 3월 16일에 결혼을 했고, 지금은 파리에서 신혼여행 중입니다.

결혼식 때 여러 가지를 고려하면서 준비하게 되잖아요. 그중에 하나가 수어통역이었습니다. 분명히 제 결혼식에는 농인이 올 거라고 생각했기 때문에 사전에 제 친한 후배에게 부탁을 해서 수어통역을 기획했던 거 같아요. 귀한 시간 내어 축하해주러 온 제 지인이 제 결혼식 때 소외받지 않게 하는 것이 당연하다고 생각했기 때문에 수어통역을 기획하고 준비하게 되었습니다.

처음 수어를 배우던 시절 ㄱㄴㄷㄹ, 안녕하세요, 만나서 반갑습니다 정도만 할 줄 알았을 때, 뭣 모르고 국제수화 수업을 들었어요. 그때 거의 40명이 넘는 농인들이랑 함께 수강을 하게 되었는데요, 수어를 잘 모르는 상태로 농인과 대화를 해야만 할 것 같은 심리적 부담감을 느꼈고, 농인들이 내게 말을 걸까 봐 수업 시간 내내 불안했어요. 언어적 장벽으로 인한 긴장과 소외감을 늘 달고 살았죠. 혼자서 외딴섬 같다는 느낌이 들어서 심리적인 압박을 받았고 그게 신체에까지 영향을 미쳤습니다.

겨우 기초회화만 하던 시기였기 때문에 농인들과의 소통은 거의 불가능했다고 봐요. 당시에 많은 분들이 제게 신경 써주고 관심도 가져주셨음에도 불구하고 심리적 압박이 굉장히 컸어요. 소통이 안 된다는 그런 심리적인 압박이요. 옆 사람이 무언가를 막 얘기를 하는데도 제가 그거에 대해서 알 턱이 없잖아요.

그리고 저를 배려해주기 위해 계속 걱정해주고 물어보고 하는 것도 솔직히 좀 힘들었어요. 그때 굉장히 머리가 아팠고 엄청난 편두통에도 시달렸고요. 심지어 집에 가서 구토를 하기도 했어요. 그때의 그 짧은 경험이 저에게는 굉장히 강렬했기 때문에 농 사회에서의 외침, 예컨대 한국영화 자막, 공공기관이나 은행에 수어통역사 배치 같은 요구사항들에 대해서 전 정당하다고 생각합니다.

저를 축하해주러 온 귀한 하객들이 제 결혼식에서 소외받지 않게 하는 것은 어떻게 보면 배려가 아닌 의무라고 생각했습니다. 그래서 저는 앞으로도 계속 하개월의 방송을 통해서 농 사회에 대해서 조금이나마 간접적인 경험을 하고, 또 배우고 싶습니다.

사계절이 또 한 번 지나고

책을 쓰면서 잊고 있었던 나의 꿈이 되살아났다. 열두 살에 막연하게 작가가 되고 싶다 생각했었고, 이십대 초반까지 오로지 작가가 되겠다는 열망이 있었는데 어느 순간 그 꿈이 잊혀졌다. 그리고 비로소 21년 만에 나는 작가가 되었다. 책을 쓰면서 나를 다시 한번 돌아보는 계기가 됐고 앞으로 내가 어떤 소망을 품고 살지 목표가 뚜렷해졌다.

봄여름에서 가을로 계절이 바뀌고 어느덧 책의 끝자락, 이곳에 마지막으로 글을 싣는다. 원고 집필을 마칠 무렵 우연히 본 SNS에서는 2020년 세계 수어의 날을 알리는 글들이 게시되고 있다.

Reaffirming Deaf people's Human Rights
농인 인권 재확인

2020년의 슬로건이다. 이 슬로건을 보면서 한 가지 바람이 생겼다. 그건 바로 지금까지 살아온 나의 인생이 담긴 이 책에서 농인의 인권을 다시 확인하는 시간이 되었으면 하는 것이다.

나의 십 대는 어두컴컴한 터널을 지나는 것과 같았다. 곤혹스러운 상황과 마주할 때마다 빛 한 줄기 없는 터널을 더듬으며 걸었다. 그러다가 이십 대에 나의 정체성을 찾았고, 삼십 대가 된 지금도 여전히 정체성 찾기가 진행 중이다.

유튜버로 활동을 하면서 많은 일들이 있었다. 유튜브에 업로드했던 동영상 하나하나 마다 버릴 것 없이 소중한 추억이 되었다. 처음에는 1명이었던 구독자가 열 명, 백 명, 천 명 그리고 1만 명의 구독자로 늘어났다.

유튜브에 등장하는 농인, 청각장애인과 일로 만난 사람들 그리고 〈하개월〉을 사랑해주시는 하별 구독자님들. 이들이 모두 나와 함께 〈하개월〉 채널을 꾸려나간 소중한 존재들이다. 물론 나의 채널에서 항상 좋은 반응만 있던 것은 아니다. 때론 악플이 달리기도 했다.

유튜버의 삶이 쉽지는 않았지만 그 덕분에 모교에 가서 강의를 했고, '2019 올해의 양성평등문화상'도 수여했다. 유튜버로 활동하지 않았다면 이런 일들이 과연 일어날 수 있었을까? 그저 모든 순간순간들이 감사하다.

12개월만은 어떻게든 매주 1회 업로드를 하겠다고 나와의 약속을 했는데 어느덧 3년차다. 3년차 유튜버가 된 나에게 사람들은 이렇게 묻기도 한다.

"유튜브 콘텐츠가 떨어질까봐 걱정이 되지 않나요?"

물론 유튜브를 운영하면서 업로드에 대한 걱정

이 없을 수가 없다. 하지만 콘텐츠는 걱정 되지 않는다. 내가 살아가는 매일 매일이 콘텐츠고 이를 유튜브 영상으로 제작한다면 영상이 끝도 없을 거다.

농인, 청각장애인은 결코 사라지지 않는 존재며, 그들의 자리에서 저마다의 방법으로 자신을 빛내고 있으리라 믿는다. 그 사람들을 모두 만나고 싶은 것이 나의 소망이고 유튜브를 하게 만드는 원동력이 되기도 한다. 죽기 전에 이룰 수 있을까?

우리의 이야기는 계속해서 태어날 것이며 나는 그것들을 세상에 내보내고 싶다. 〈하개월〉과 함께 하고자 하는 사람이 있다면 메일을 보내면 된다. 우리의 이야기를 함께 널리 알려보자.

끝으로 이 책이 나오기까지 나의 버팀목이 되어준 부모님과 영재 서희 부부, 그리고 이 책이 나올 수 있도록 힘써주고 격려해준 진경, 로즈, 정똬, 유끼, 샤방, 쏜 언니, 책을 써보라고 적극 권유한 서윤 언니와 영고미, 혜영 언니, 늘 그 자리에서 기다려주고 응원해주는 쑤기와 쏘라, 써니, 조이, 날, 완두콩, Arale, 새벽4시, 사신데미안, 나노아, 오숙 언니, 이방인과 이워크 협회 직원들(박영숙 차장님, 김호연 본부장님, 정낙건 본부장님, 최인서 부장님), muff. 〈하개월〉을 사랑해주는 1.34만명의 구독자 하별들이 있다.

진짜 마지막으로 책에 다 전하지 못한 이야기는 유튜브에서 볼 수 있다. 미래의 하별 구독자님들 놀러 오셔서 구독과 좋아요, 알림 설정까지 꾸욱 눌러달라.

김하정+책+만들다+홍보+알리다+인기폭발+와우

나는 목소리를
당신의 읽어요

나는 당신의 목소리를 읽어요

1판 1쇄 인쇄 2020년 9월 28일
1판 1쇄 발행 2020년 10월 14일

지은이 김하정
펴낸이 김영곤 펴낸곳 (주)북이십일 아르테
오리진사업본부 본부장 신지원
책임편집 최은아 손유리
감수 수어 민들레
디자인 vergum 일러스트 김도윤
영업본부 이사 안형태 영업본부 본부장 한충희
출판영업팀 김한성 이광호 오서영 제작팀 이영민 권경민

출판등록 2000년 5월 6일 제406-2003-061호
주소 (우 10881) 경기도 파주시 회동길 201(문발동)
대표전화 031-955-2100 팩스 031-955-2151 이메일 book21@book21.co.kr

ISBN 978-89-509-8992-7 (03810)
아르테는 (주)북이십일의 문학 브랜드입니다.

(주)북이십일 경계를 허무는 콘텐츠 리더

21세기 북스 채널에서 도서 정보와 다양한 영상자료, 이벤트를 만나세요!
네이버오디오클립 / 팟캐스트[클래식클라우드] 김태훈의 책보다 여행
페이스북 facebook.com/21arte 홈페이지 arte.book21.com
인스타그램 instagram.com/21_arte 포스트 post.naver.com/staubin